SANGRE
EN
ECUADOR

SANGRE EN ECUADOR

UN MISTERIO A TRAVÉS DE LOS HERMOSOS
PAISAJES DE ECUADOR

R.D.D. SMITH

Modelbenders Press

Sangre en Ecuador: Un misterio a través de los hermosos paisajes de Ecuador

Descargo de responsabilidad de IA: Todo el texto, los personajes y la trama fueron creados por un autor humano. Por lo tanto, todo está cubierto por derechos de autor. Las contribuciones de IA se describen en la sección "Divulgación de IA" al final.

Los libros de Modelbenders Press pueden ser comprados para uso empresarial y promocional. Para información, por favor contacte al editor. Consulte con el autor en http://www.rddsmith.com/

Diseño de interior y portada por Adina Cucicov

ISBN Tapa Blanda 978-1-938590-38-2
ISBN eBook 978-1-938590-37-5

FICCIÓN DE R.D.D. SMITH

Dra. Monica Gray, Serie de Thrillers Médicos
El cirujano en el espejo
Contra una amenaza viral
Salvador de los desgarrados por la guerra

Cuentos cortos
El genio del cirujano
Freyja $AI

Serie de Diario de Viaje de Corredores Globales
Sangre en Ecuador

NO FICCIÓN DE ROGER D. SMITH

Director de Tecnología
Pensando en la Innovación
Tras los pasos de Franklin
Consejos escritos en el reverso de una tarjeta de negocios
Patrones de fortaleza

Únete a nuestra comunidad de lectores para recibir noticias fascinantes, ficción especulativa y discusiones relacionadas con las novelas. www.rddsmith.com/free

TABLA DE CONTENIDOS

PREFACIO
LA HISTORIA DE ECUADOR

Ecuador es un país de contrastes sorprendentes e inmensa diversidad natural, enclavado en la costa noroeste de América del Sur. Su historia se remonta a miles de años, con un rico tapiz tejido a partir de los hilos de antiguas culturas indígenas, la conquista inca, el colonialismo español y la eventual independencia del país.

La historia del Ecuador preincaico se pierde en un enredo nebuloso de tiempo y leyenda, y los primeros detalles históricos datan solo del siglo XI d.C. Se cree comúnmente que los nómadas asiáticos llegaron al continente sudamericano alrededor del 12,000 a.C. y fueron seguidos posteriormente por colonizadores polinesios. Siglos de expansión tribal, guerras y alianzas resultaron en la relativamente estable línea de sucesión Duchicela, que gobernó más o menos en paz durante casi 150 años hasta la llegada de los incas alrededor de 1450 d.C.

A pesar de la feroz oposición, los incas conquistadores pronto dominaron la región, ayudados por un liderazgo fuerte y políticas de mestizaje. La guerra por la herencia del nuevo reino inca debilitó y dividió la región en vísperas de la llegada de los invasores españoles.

Los primeros españoles desembarcaron en el norte de Ecuador en 1526. Pizarro llegó al país en 1532 y sembró el terror entre los nativos con la ayuda de los caballos, armaduras y armamento de sus conquistadores. El líder inca, Atahualpa, fue emboscado, retenido por rescate, "juzgado" por sus supuestos crímenes y ejecutado, poniendo fin efectivamente al imperio inca. La ciudad de Quito resistió durante dos años, pero eventualmente fue arrasada por el general de Atahualpa, Rumiñahui, quien prefirió destruir la ciudad antes que perderla intacta ante los invasores españoles. Quito fue refundada en diciembre de 1534. Hoy en día, solo queda un sitio inca intacto en Ecuador: Ingapirca, que se encuentra al norte de Cuenca.

España gobernó la colonia desde Lima, Perú, hasta 1739, cuando fue transferida al virreinato de Colombia. Después de varios intentos de liberar a Ecuador del dominio español, Simón Bolívar finalmente logró la independencia en 1822. La plena soberanía constitucional se obtuvo en 1830. Desde entonces, la historia interna del país ha estado marcada por una feroz rivalidad y ocasionalmente guerras abiertas entre los conservadores respaldados por la iglesia en Quito y los liberales y socialistas de Guayaquil.

En 1941, el vecino Perú invadió Ecuador y se apoderó de gran parte del área amazónica del país. La "nueva" frontera entre los dos países, aunque formalmente acordada y ratificada por el tratado de Río de Janeiro de 1942, sigue siendo motivo de disputa. Las escaramuzas en la región fronteriza han surgido ocasionalmente, generalmente en enero, el mes en que se firmó el tratado. Las disputas han disminuido en los últimos años, ya que ambos países trabajan para impresionar a posibles inversores extranjeros, y se está elaborando un tratado que debería poner fin a esta disputa.

A pesar de su historia de rivalidades internas y conflictos fronterizos, la vida en Ecuador ha permanecido pacífica en los últimos años. Actualmente, Ecuador es uno de los países más seguros para visitar en América del Sur.

Ecológicamente, Ecuador es uno de los países más diversos del mundo, a pesar de su tamaño relativamente pequeño. Está dividido en cuatro regiones principales: la selva amazónica, las tierras altas andinas, las llanuras costeras y las Islas Galápagos, cada una con sus ecosistemas y especies únicos. La cuenca amazónica, conocida por su exuberante selva, alberga una increíble variedad de flora y fauna, incluyendo numerosas especies endémicas. La región andina se caracteriza por páramos de gran altitud y bosques nubosos, mientras que las áreas costeras cuentan con hermosas playas y manglares. Las Islas Galápagos, a 900 kilómetros al oeste del continente, son famosas por su fauna única y fueron fundamentales en el desarrollo de la teoría de la evolución por selección natural de Charles Darwin.

Sin embargo, los paisajes exuberantes y los ricos ecosistemas de Ecuador han estado bajo amenaza debido a la extensa exploración y extracción de petróleo. La industria petrolera se expandió significativamente en la década de 1970 después del descubrimiento de grandes reservas de petróleo en la cuenca amazónica. Este desarrollo transformó la economía del país, con los ingresos petroleros impulsando el crecimiento y el desarrollo económico. Sin embargo, este beneficio no ha llegado sin costo. Los impactos ambientales han sido severos, particularmente en la región amazónica, donde la extracción de petróleo ha llevado a la deforestación, contaminación y la disrupción de las comunidades indígenas.

Ecuador es un país donde el pasado y el presente colisionan, donde el mundo natural atrae a turistas de todo tipo, incluidos grupos ansiosos por escapar a sus diversos paisajes.

CAPÍTULO 1

ESMOQUIN EN LA DUCHA

La sala de detectives era un torbellino de actividad silenciosa, cada detective absorto en el resplandor de sus pantallas de computadora individuales. El zumbido ambiental de zapatos sobre pisos de madera y dedos sobre teclados de computadora llenaba el aire, un contraste marcado con la tensión que estaba a punto de estallar.

"¡Moreno!" La voz era aguda, cortando la monotonía como un cuchillo. No hubo respuesta.

"¡¡Moreno!!" Esta vez, la voz fue más fuerte, más insistente.

Los detectives en sus escritorios fingían estar absortos en su trabajo, sus ojos desviándose de la fuente del alboroto. El resplandor blanco y estéril de las luces fluorescentes proyectaba sombras duras en sus rostros, haciendo que la sala se sintiera más fría, más clínica. Nadie quería atraer la atención del Capitán Adriane Castillo cuando estaba de ese humor.

"¿Alguien ha visto a la Detective Moreno? ¡La necesito aquí ahora mismo!"

El silencio colgaba en el aire, espeso y pesado. Antes de que alguien pudiera reunir el coraje para responder, una figura entró en la sala con la facilidad de una brisa de verano. La Detective Jenn Moreno, con su característica sonrisa radiante, apareció al lado del Capitán Castillo como si hubiera sido convocada por la pura fuerza de su frustración. A cinco pies y cinco pulgadas, apenas alcanzaba el hombro de su capitán, pero era atlética y rápida.

"Hola, jefe. ¿Qué puedo hacer por usted?" Su voz era ligera, casi músical, y su sonrisa era inquebrantable. Aunque había sido detective durante cinco años, impresionante para una mujer de treinta y cinco, su espíritu y entusiasmo eran los de alguien más joven.

El Capitán Castillo, un hombre alto con una presencia que llenaba la sala, miró hacia abajo, su irritación inicial derritiéndose en una diversión resignada. Puso los ojos en blanco mirando hacia el cielo. "¿Por qué siempre tengo que gritar para encontrarte? ¿No puedes estar en tu escritorio como todos los demás?" Hizo un gesto hacia los otros detectives, sus posturas relajadas mientras se sentaban bajo la iluminación opresiva.

La sonrisa de Jenn parpadeó con una chispa de travesura. "No hay crímenes en mi escritorio, jefe. No hay pistas en los cajones. Tengo que estar ahí fuera, con la gente." Le dio una mirada seria, pero sus ojos brillaban con irreverencia.

"Bueno, necesito que estés allá afuera ahora mismo. Recibimos una llamada del Hotel Quito. Alguien encontró un cuerpo en una de las habitaciones. Lleva a Carlos, vayan allí y hagan ese trabajo de detective por el que les pagamos. Los uniformados ya están en el lugar; les mostrarán la habitación."

"Claro, señor. ¿Alguna idea de quién es la víctima?" Jenn sacó su confiable cuaderno para capturar los detalles.

"El informe dice que lleva un esmoquin… en la ducha."

"Picante." Jenn hizo una mueca de asfixia, sus manos entrelazadas alrededor de su garganta, su lengua colgando y los ojos saliéndose en una imitación de horror.

"¡Deja eso! ¡Solo vete!" La voz de Castillo era mitad exasperada, mitad divertida.

Jenn se giró sobre sus talones, su cabello oscuro balanceándose mientras llamaba por encima del hombro a su compañero, "Agarra tu cámara, Carlos. Este podría ser jugoso."

"¡Sí, sí!" Respondió Carlos. El fotógrafo del recinto, de cabello espeso y con gafas, siguió detrás de ella.

Cuando la pareja desapareció por la puerta, la tensión en la sala de detectives se disipó como niebla al sol. Hubo un suspiro audible, un alivio colectivo mientras la vida retomaba su ritmo normal. El Capitán Castillo sacudió la cabeza, una leve sonrisa traicionando su afecto por su detective más poco convencional, antes de retirarse a la soledad de su oficina.

CAPÍTULO 2

IMAGINANDO UN ASESINATO

El Toyota Dart de Jenn parecía un pequeño insecto blanco detrás del enorme autobús turístico que estaba estacionado frente al Hotel Quito, uno de los hoteles más ornamentados y majestuosos del centro de la ciudad. Alguna vez había sido el destino preferido para cenas de estado, pero los hoteles más modernos, de fachada de vidrio y gran altura lo habían eclipsado. Sin embargo, grupos que buscaban una atmósfera ecuatoriana más tradicional para sus reuniones y viajes aún lo frecuentaban.

Apuntando al autobús, Jenn preguntó: "Carlos, ¿qué hace esta cosa aquí? Esta es una escena decrimen. Necesitamos mantener el área despejada." La voz de Jenn llevaba una mezcla de irritación e incredulidad mientras entrecerraba los ojos ante la escena caótica, su ceño fruncido en frustración por la aparente laxitud de los oficiales uniformados.

Poniendo el letrero de la Policía de Quito en su tablero, salió del coche casi chocando con un gringo alto vestido con un llamativo conjunto de ropa de correr roja y extravagante. Su sorpresa era evidente cuando murmuró rápidamente, "Excuso, por favor."

Lo seguía una procesión de individuos vestidos en tonos amarillos, verdes, azules y rojos. Como un desfile de colores vivos, se dirigían hacia el autobús, sus risas y charlas los pintaban inconfundiblemente como turistas estadounidenses. Parecían ajenos a la gravedad de la situación, apenas notando a Jenn y Carlos observándolos desde la acera. Jenn notó que sus edades variaban desde los veintitantos hasta bien entrados los sesenta. Pero todos estaban vestidos como si estuvieran compitiendo en un campeonato de atletismo.

Cuando la marea de turistas se desvaneció, Jenn se acercó al guardia de seguridad del hotel con rostro de piedra. "¿Quién es ese grupo?" preguntó señalando con el pulgar hacia el autobús.

"Grupo de corredores de América," respondió, su mirada moviéndose hacia la placa en su cinturón.

"¿Todos ellos? ¿Incluso los mayores?" El tono de Jenn era incrédulo.

El guardia simplemente se encogió de hombros y se hizo a un lado, permitiendo que Jenn y Carlos pasaran sin el habitual control de seguridad de armas, porque, por supuesto, ellos llevaban armas.

El oficial uniformado en el vestíbulo les dio indicaciones para llegar a la escena del asesinato, y la pareja tomó el ascensor.

En el ascensor, Jenn no pudo evitar comentar, "Yo puedo correr más rápido que la mayoría de esos gringos." En realidad, había sido una corredora competitiva en la escuela secundaria y su primer año de universidad, pero se había vuelto mucho más casual cuando su especialización en ciencias criminales se volvió más exigente.

Carlos sonrió, sus ojos arrugándose en las comisuras. "Me gusta más la cena." Se palmeó suavemente el estómago, un momento ligero en medio de su deber sombrío.

Al llegar a la habitación 1101, la pareja entró y se dirigió al baño, donde se encontraba el cuerpo. La víctima parecía tener unos sesenta años y aún estaba vestida con un esmoquin de aspecto caro, como se había prometido. Estaba empapado y pequeños charcos de agua se habían acumulado alrededor del cuerpo.

"No hay Sangre en el agua, así que no le dispararon ni lo apuñalaron." Jenn miró al oficial más cercano. "¿Armas en la habitación?"

"No, señora. Solo ropa de viaje y maletas hasta donde podemos ver. No perturbamos nada."

"¿Las camareras?"

"Una de ellas encontró el cuerpo. Dice que no tocó nada, solo gritó y corrió a su jefe."

Jenn asintió. Probablemente era exacto. La mayoría de las personas no curioseaban cuando encontraban un cuerpo. Demasiado impactante para el sistema. O tenían miedo de que el fantasma de la persona todavía estuviera rondando.

La camarera, como muchos ecuatorianos, probablemente creía que el alma del fallecido permanecía alrededor de los vivos por un período. Así que, tendría sentido que estuviera ansiosa por salir de la proximidad inmediata del cuerpo. Tradicionalmente se pensaba que el alma estaba en un estado de transición, navegando su camino desde el plano terrenal al más allá. Con un asesinato lejos de casa, sería difícil para la familia y amigos del fallecido ayudar en la transición pacífica del alma. Se realizaban rituales tradicionales para evitar que regresara como un espíritu perturbado.

Carlos estaba tomando fotos de todo en la habitación. Comenzó con el cuerpo, capturándolo desde varios ángulos. Luego, pasó a los accesorios de la ducha, las paredes y el piso. Era muy talentoso con la cámara. Aunque solo eran fotos de evidencia, hacía que la escena más mundana se viera hermosa. Terminado con el baño, recorrió el resto de la extensa habitación.

Finalmente, Jenn preguntó al uniformado, "¿Quién es él?"

"El registro dice Emilio Ortega."

La cabeza de Jenn se levantó de su cuaderno. "¿El Ortega de Aspire Oil?"

Esta vez, el uniformado solo se encogió de hombros.

La voz de Jenn adoptó un tono de conferencia ante su gesto despectivo. "Emilio Ortega, director general de Aspire Oil. Ha estado en las noticias estrechando la mano con el ministro del interior. Acaba de firmar un acuerdo para explotar petróleo en el Amazonas. ¿No te suena?"

El uniformado negó con la cabeza y respondió, "No es un futbolista. Eso es todo lo que veo."

"Por supuesto. Bueno, este caso va a ser un gran asunto. No lo arruines, o uno de nosotros será despedido." Eso llamó la atención del oficial. Era difícil entrar en el servicio de policía, y era un gran trabajo de por vida si no lo arruinabas.

"No, señora, no lo haré. No lo haremos."

Jenn solo asintió, ya que solo el tiempo diría si el oficial era lo suficientemente competente, y volvió su atención a su compañero. "Carlos, ¿casi terminas? Quiero revisar algunas de estas cosas."

"Jenn, ven aquí." El fotógrafo estaba mirando algo en el suelo junto a la cama. "¿Qué es eso?"

Agachándose más cerca, ella dijo, "¿Un botón, tal vez? ¿Le tomaste una foto?"

"Por supuesto, y desde tres ángulos diferentes. Es mejor desde aquí con la luz de la ventana reflejando en él."

"Es solo un botón, Picasso." Usando guantes, Jenn lo recogió por el borde y lo examinó. Hecho de plástico simple, tenía una pequeña bandera ecuatoriana en la cara y un broche en la parte posterior. "¿Es esto un pin de solapa? ¿Tal vez para celebrar su acuerdo petrolero con nuestro país?"

"Podría ser." Carlos tomó otra foto de ello en su mano antes de que ella lo dejara caer en una bolsa de evidencia.

La pareja terminó su examen de la habitación y salió al pasillo. Ella necesita informarle a Castillo con que están lidiando. Usó su celular para llamarlo directamente.

"Jefe, es Moreno. Tenemos la identificación de la víctima. Aguanta tu almuerzo. Es Emilio Ortega, el director general de Aspire Oil."

Hubo una serie de expletivos fuertes desde el otro lado de la llamada, luego un conjunto de instrucciones rápidas.

Jenn respondió, "Sí. Sí. Lo haré."

Siguieron más instrucciones.

"No nos moveremos hasta que llegues. Y esperamos que lleguen los Federales," dijo, refiriéndose a la Policía Nacional del Ecuador.

Más maldiciones.

"Lo sé, señor. No es lo que ninguno de nosotros quería hoy... especialmente no Ortega."

Se escucharon murmullos desde el teléfono.

"No, señor, no es gracioso."

Jenn desconectó y buscó a su compañero del día. Carlos estaba agachado bajo una lámpara del pasillo, capturando el patrón de luz que proyectaba en la pared. "¡Carlos! No es evidencia."

"Lo sé, pero ¿puedes ver cómo la luz hace un patrón como un cisne en la pared? Es exquisito."

Tenía razón, aunque era un detalle que Jenn nunca habría notado. ¿Quién miraba el mundo así?

Señalando los ascensores, dijo, "Vestíbulo. Vamos a hablar con el gerente." Carlos cayó en paso detrás de ella, pero sus ojos continuaron escaneando el pasillo en busca de imágenes interesantes que pudiera capturar.

En la oficina del gerente, Jenn presentó sus credenciales y comenzó con la típica línea de preguntas: cuándo llegó Ortega, quién estaba con él, alguien preguntó por él, cuándo fue visto por última vez, quién tenía acceso al piso en el que estaba. Como siempre, las respuestas del gerente fueron generalmente inútiles.

Luego, preguntó, "¿Y qué funciones grupales tuvieron en el hotel anoche?"

"Oh, solo dos. Aspire Oil tenía el salón principal de banquetes. Necesitaban asientos para doscientas personas. Vestimenta muy formal. Las damas vinieron con los vestidos más hermosos. Los caballeros estaban en esmoquin."

"¿Y el propósito de la reunión?"

"Estaban celebrando el nuevo acuerdo petrolero en el Amazonas. Ya sabes, el que ha estado en las noticias." Jenn asintió mientras el gerente continuaba hablando. "Nuestro pastelero hizo el pastel más increíble. Era un enorme árbol verde con monos, loros y serpientes mezclados en él. Incluso pusó una tarántula en el tronco. Fue una de sus mejores obras. Estaba muy orgulloso."

Jenn interrumpió preguntando, "¿Y Ortega estuvo en la reunión toda la noche?"

"Era el orador principal de la noche. Luego, estaba mezclándose con la multitud después de la comida. El fotógrafo tiene la foto más dulce de él comiendo un trozo de pastel de la cabeza del mono. Nuestro conserje ejecutivo dijo que fue a su habitación temprano en la noche."

"¿Solo?"

"Sí, la familia del señor Ortega no vino con él en este viaje."

Jenn se preguntó si esto era cierto. Se esperaba que el personal del hotel protegiera la privacidad de sus huéspedes. Mirando sus notas, Jenn preguntó, "¿Y cuál fue el segundo evento grupal?"

"Eso fue un grupo pequeño, tal vez cincuenta personas en la habitación highlands. Muy amigables. Todos estaban felices." Luego, mostrando su desagrado, frunció ligeramente el ceño. "Pero muy casuales. Llevaban pantalones cortos, camisetas deportivas y sandalias. Ya sabes, estamos acostumbrados a una clientela más formal en el Quito."

"¿Cómo se llama el grupo?" Jenn lo incitó. No estaba interesada en sus elecciones de ropa.

"Oh, sí. Se llaman 'Corredores Viajes Globales', de América. Todos tienen habitaciones aquí en el hotel. Muy lucrativo para nosotros."

"¿Alguno de ellos tenía habitaciones en el mismo piso que Ortega?"

"Hmmm. No lo sé con certeza, pero la recepción puede decírselo."

Sacando la bolsa con el pequeño pin, se la mostró al gerente. "¿Ha visto algo como esto antes? ¿Tal vez los ejecutivos de Aspire Oil los llevaban en sus solapas?"

Mirando el objeto de plástico, el labio superior del gerente se curvó en disgusto. "¡Ciertamente no! Nadie pondría esa baratija de plástico en un esmoquin caro. ¡Qué horrible!" Desvió la mirada, como si la vista de ello lo hiciera sentir mal.

Jenn guardó el objeto ofensivo, se levantó y le entregó su tarjeta. "Gracias. Por favor, haga que su recepción envíe una lista de los clientes y sus números de habitación a esta dirección de correo electrónico." Mirando alrededor, vio a Carlos mirando intensamente por la ventana. Estaba mirando a un pequeño perro blanco con un collar rosa olfateando la acera. Al menos tuvo el buen sentido de no tomar fotos durante la entrevista.

"Carlos, salón de banquetes, ahora."

CAPÍTULO 3

MALDITOS FEDERALES

En la oficina sutilmente iluminada y escasamente decorada del Capitán Castillo, la atmósfera era solo marginalmente más acogedora que la estéril sala de la comisaría afuera. Las paredes, de un tono gris apagado, estaban adornadas con varios elogios enmarcados y una fotografía solitaria de Castillo estrechando la mano del ex alcalde de Quito. Un par de vitrinas con frente de vidrio, hechas de madera oscura y sombría y llenas de libros intactos, se erguían como testigos silenciosos de las personas que habían pasado por esta oficina. La detective

Jenn Moreno sospechaba que estos relicarios no habían sentido manos humanas en décadas, su contenido tan olvidado como viejos secretos.

"Moreno, los federales están metidos hasta el cuello en este caso. No confían en ti, en mí, ni en nadie de la policía de Quito para manejarlo," dijo Castillo, su voz resonando ligeramente en la fría y escasa sala.

En términos estrictos, la policía de Quito y los federales eran parte de la misma fuerza policial nacional. Pero mientras la unidad de Castillo se centraba en el crimen en la parte central de la ciudad de Quito, el departamento que manejaba los crímenes que abarcaban todo el país a menudo se refería a sí mismo como "los federales". Ese departamento fomentaba la distinción separada, ya que añadía a su propio misticismo y poder percibido. Raramente intervenían en investigaciones criminales locales, incluso asesinatos, prefiriendo centrarse en asuntos más grandes con el crimen organizado, el tráfico de drogas, el secuestro y cualquier cosa conectada con el gobierno nacional.

"Por supuesto, jefe. Un ejecutivo corporativo vinculado a nuestros más altos funcionarios gubernamentales, cosas muy sensibles," respondió Jenn, su mente adelantándose a las implicaciones.

"Esta información es confidencial, pero están convencidos de que fue una lucha de poder interna. Alguien en

Aspire Oil está buscando el puesto más alto. Han hecho una lista corta de algunos ejecutivos," reveló Castillo, sus ojos escaneando un documento en su escritorio como si quisiera memorizar su contenido.

Jenn asintió, sus pensamientos tejiendo posibilidades. "Sí, esa es una posibilidad. Pero ¿y si es una maniobra del gobierno ecuatoriano? Una táctica para renegociar los acuerdos petroleros, tal vez cambiar los sitios de exploración, ¿o incluso controlar qué proveedores se benefician?"

La mirada de Castillo se agudizó, y su voz bajó a un susurro cuando dijo, "Ni siquiera insinúes eso. Esa es exactamente la razón por la que no confían en nosotros. Un detective demasiado entusiasta comienza a indagar sobre vínculos gubernamentales." Hizo un gesto en círculo con su dedo, luego señaló a Jenn. "Lo siguiente que sabes, está en toda la prensa. El público se inquieta, exige cambios, y el caos se desata."

"Entonces, ¿ignoramos esa posibilidad?" desafió Jenn.

"Tenemos que hacerlo. Esa es la decisión de los federales," afirmó Castillo con firmeza.

"Bien. ¿Puedo al menos seguir las pistas locales?"

"¿Te refieres a las sirvientas, al cocinero del hotel, algún lunático de la calle? Sí, esos son todos tuyos, pero mantente alejada de los hilos corporativos y gubernamentales. Y no te metas en el camino de los federales," instruyó.

Jenn miró hacia la sala de la comisaría, notando a dos figuras no descriptivas que claramente estaban con los federales, no con el departamento local. Habían tomado un escritorio como si ahora trabajaran allí. "¿Esos dos?"

"Sí, esos dos. Están aquí porque estamos cerca del hotel y tenemos una conexión segura con la red federal. Saldrán de nuestra vida pronto... con suerte," murmuró Castillo, casi para sí mismo.

Jenn escrutó a los agentes federales nuevamente, más de cerca esta vez. Eran banales en todos los sentidos, vestidos con trajes elegantemente entallados, pero completamente olvidables, la misma imagen de la anonimidad burocrática. "Ya no me gustan. Se ven tan aburridos como probablemente suenan."

Castillo, desconcertado por su comentario, simplemente negó con la cabeza. "Puedes jugar con este caso por una semana. Necesitamos mostrar diligencia—no dejar ángulos sin explorar; no dejar piedra sin remover. Así que, ve a voltear algunas piedras... pero piedras pequeñas. No toques las grandes, o podrías ser aplastada."

"¿Y Carlos? ¿Puede ayudar?" preguntó Jenn, ya moviéndose hacia la puerta.

"Claro, lo que sea. Ahora, sal de aquí. Tengo una reunión con los federales pronto, y preferiría que no se cruzaran contigo," concluyó Castillo, despidiéndola con un gesto.

Jenn salió sin dudarlo, captando las miradas furtivas de los agentes federales mientras lo hacía. No devolvió ninguna cortesía, ansiosa por escapar de cualquier mancha burocrática que pudieran llevar.

Una hora más tarde, en el bullicioso bar del vestíbulo del Hotel Quito, Jenn y Carlos reclamaron una mesa apartada, su centro de comando improvisado. Aquí, en medio del bajo zumbido de conversaciones y el tintineo de vasos, planearon su investigación.

Comenzaron con el personal de limpieza del undécimo piso del hotel, incluida Jasmine, quien había descubierto el cuerpo. Extrajeron hasta el último fragmento de información que ella y sus colegas podían recordar. Finalmente, concluyeron la entrevista instruyendo al personal de limpieza para que informará cualquier cosa fuera de lo común. "Cuando estén trabajando, si encuentran algo inusual, queremos saberlo. Esta es una investigación criminal seria. No se meterán en problemas por cooperar con nosotros."

"Señorita, siempre vemos cosas que son inusuales. La gente en los hoteles es muy extraña." Jasmine no elaboró, pero la imaginación de Jenn pudo completar los espacios en blanco.

"No, ninguna de esas cosas. Solo si parece que podría usarse para matar a alguien."

Jasmine asintió. "Ah, sí. Como armas, cuchillos, drogas. Pero no cuerdas."

"No, no cuerdas," confirmó Jenn.

"Eso es bueno. Hay tantas cuerdas." Jasmine sacudió la cabeza en incredulidad ante las cosas que las amas de llaves veían y tenían que limpiar. No era la primera vez que Jenn agradecía en silencio haber elegido la aplicación de la ley.

Reagrupándose en su mesa del vestíbulo más tarde ese día, Jenn y Carlos revisaron su progreso. "Hemos hablado con el personal de limpieza, el equipo del cocinero, la seguridad y la recepción. ¿Quién falta?"

Carlos contó con los dedos. "Mantenimiento, administración y el conserje. ¿Tal vez la tienda de regalos y los jardineros?"

Antes de que Jenn pudiera responder, hubo un rugido de conversación entrando por las puertas principales. Era el río arcoíris de estadounidenses que salían del autobús en la acera. Parecían mucho más sucios que cuando se fueron. Sus zapatos y piernas estaban sucios. Algunos todavía estaban mojados de sudor. Cuando el aire de la puerta abierta llegó a su mesa, Jenn captó un olor terroso.

Carlos preguntó, "¿Qué hay con ellos?" Instintivamente, apuntó su cámara hacia el grupo y comenzó a tomar fotos.

"Hmm, tal vez. Claro, ¿por qué no? Tenemos tiempo." Mirando la lista de habitaciones, resaltó las del "piso del asesinato", como había comenzado a llamarlo. "Tres de ellos están en el mismo piso. Vamos a esperar a que se limpien, luego llamaremos a sus puertas. Eso animará sus vacaciones, estoy segura."

"¿Con quién vamos a hablar?" preguntó Carlos, asintiendo hacia el papel en la mano de Jenn.

"Comenzaremos con las habitaciones más cercanas a la suite de Gómez y trabajaremos nuestro camino por el pasillo. Primera parada, 1104, Joe y Christie Adams de Minnesota. Luego, 1107, Karen vonScheck... algo. Demasiadas letras para pronunciar. Finalmente, 1115, Allen Shur de Argentina." Jenn señaló el último nombre. "Sorprendente. Pensé que este grupo era todo de estadounidenses."

Carlos se levantó. "¿Subimos?"

"Tú no. Tú te quedas aquí y vigilas el vestíbulo. Voy a llevarme a uno de los uniformados del coche afuera. Mucho más impacto cuando ven un uniforme en la puerta. Más probable que se equivoquen o se mojen." Sonrió anticipando lo divertido que iba a ser.

CAPÍTULO 4

VISITA SORPRESA

Toc, *toc, toc.*

"Um, ¿quién es?"

"Policía. Por favor, abra la puerta." La voz del oficial uniformado era profunda y autoritaria, exactamente lo que Jenn esperaba para establecer el tono de este encuentro.

"¿Qué? Estás bromeando."

"No, Señor Adams. Es la Policía de Quito."

Desde dentro de los confines de la pequeña habitación del hotel, se filtraban susurros mientras Jenn observaba a su colega uniformado. Su intento de sonrisa tranquilizadora hizo poco para suavizar la severidad grabada en su rostro curtido por el clima, otra ventaja de traerlo en esta visita.

La puerta se entreabrió un poco, revelando un ojo cauteloso. "Cariño, de verdad es la policía", llamó Joe Adams desde la habitación antes de abrir la puerta de par en par, revelando su apariencia completa, ligeramente desaliñada. Miró al gran y severo oficial de policía.

Jenn habló a continuación. "Disculpe por molestarlo, señor Adams. Tenemos algunas preguntas." Fue entonces cuando Joe apartó la mirada del policía uniformado, notando su presencia por primera vez.

"Por supuesto. ¿Cómo hacemos esto?" Claramente, no estaba acostumbrado a encuentros con la policía.

"¿Podemos entrar?" Jenn preguntó suavemente.

"La habitación es bastante pequeña para todos nosotros", respondió Joe, su voz teñida de incomodidad ante la idea de que la policía invadiera su espacio privado.

"Puede venir a mi oficina en la comisaría, si le parece mejor", ofreció Jenn y lo observó sopesar sus opciones.

"No. No. Podemos hablar aquí. Por favor, entren." Joe se apartó, abriendo la puerta más.

Jenn entró, seguida por su colega uniformado, sus labios curvándose en una sonrisa satisfecha ante el cumplimiento del estadounidense.

"Esta es mi esposa, Christie." Joe señaló a una mujer que parecía igualmente perturbada por la presencia de Jenn y el policía de la calle. "Um, ¿qué podemos hacer por ustedes? ¿Hay algún problema?" Sus ojos parpadearon entre Jenn y su imponente compañero, sin estar seguro de quién tenía más autoridad.

Jenn evaluó a la pareja. Treinta y pocos años, corredores físicamente en forma, ropa de correr costosa para los estándares ecuatorianos. Ambos estaban nerviosos. Decidió aliviar algo de tensión. "No es un problema para ustedes." La pareja se relajó visiblemente, sus hombros cayendo mientras exhalaban suspiros silenciosos de alivio.

Mientras sus ojos recorrían la habitación, Jenn captó la típica disposición de un alojamiento para viajeros: una cama de matrimonio dominaba el espacio, rodeada de muebles modestos desordenados con prendas esparcidas, mientras las maletas intentaban mezclarse discretamente con las sombras. Su mirada era casual pero perceptiva, buscando alguna anomalía.

Su atención volvió a la pareja, especialmente a Christie. "¿Sabían que anoche ocurrió un crimen en este piso?"

"No. No lo sabíamos, pero vimos policías en el vestíbulo esta mañana cuando salimos. ¿Es algo serio?" La voz de Christie estaba teñida de preocupación.

"¿No vieron las noticias hoy? Ha sido bastante cubierto por todas las estaciones locales."

Christie negó con la cabeza. "No. Estamos de vacaciones y no hablamos español. Ah, y fuimos a correr al parque metropolitano esta mañana, así que estábamos ocupados."

"Ah, el Parque Metropolitano. ¿Y lo disfrutaron?" Jenn los estaba suavizando para preguntas más difíciles.

"Mucho. Estaba muy forestado y un terreno más difícil de lo que esperábamos para algo tan cerca de la ciudad." Christie miró a Joe en busca de confirmación. Él asintió en acuerdo.

"Sí, incluso la ciudad tiene mucha belleza natural que ofrecer." Luego Jenn cambió al tema en cuestión. "Estamos aquí porque hubo un asesinato en la habitación 1101 anoche." Jenn hizo una pausa para dejar que la gravedad de la información se asentara.

"¡Oh, Dios mío! No lo sabíamos." La alarma parpadeó entre ellos, sus ojos se movían hacia el oficial, tal vez esperando un movimiento repentino y la aparición de esposas.

"Tengo algunas preguntas", continuó Jenn, sin esperar su invitación para proceder. "¿Escucharon algo inusual en el pasillo o a través de las paredes anoche? Ya saben, como una discusión, golpes fuertes, puertas que se cierran de golpe, ese tipo de cosas."

Ambos sacudieron la cabeza, buscando seguridad el uno del otro, luego respondieron conjuntamente, "No. No lo creo."

"¿A qué hora estaban en esta habitación anoche?"

Joe tomó la iniciativa esta vez. "Estábamos en una recepción abajo hasta tarde. Era, como, las once cuando subimos aquí."

"¿Qué tipo de recepción?" Aunque ya sabía de qué se trataba el evento gracias al gerente del hotel, quería ver si los estadounidenses serían sinceros.

"Estamos con 'Corredores Viajes Globales'. Tuvieron una recepción de bienvenida para comenzar nuestro viaje de vacaciones anoche. Todos estaban allí. Pueden preguntar. Mucha gente nos vio en la cena." El nerviosismo de Joe lo llevó a construir una coartada para defender su inocencia.

Jenn, experimentada con esta reacción, lo notó, pero permaneció neutral. "Estoy segura de que sí. Verificaremos eso más tarde. ¿Y están seguros de que no vieron ni escucharon nada que pudiera ayudarnos con la investigación? Fue un asesinato. ¿El asesino podría haberse topado con ustedes en el pasillo? ¿Tal vez tocó su puerta por error?" Sus preguntas, aparentemente inofensivas, estaban diseñadas para inquietar, para profundizar en sus emociones.

"¡Oh, Dios mío! ¿Estamos en peligro? ¿Necesitamos cambiar de hotel?" La ansiedad de Christie era palpable, su voz temblaba.

"No, no, cariño. Está bien. De todos modos, nos mudamos mañana," Joe la tranquilizó y, al hacerlo, reveló inadvertidamente más de sus planes.

"¿Mudarse? ¿A dónde van? ¿No están huyendo de mí, ¿verdad?" El tono de Jenn era ligero, pero directo.

"No, no estamos huyendo. Es el itinerario planeado. Comenzamos en Quito, luego nos movemos para correr en diferentes partes del país," explicó Joe apresuradamente, sus palabras saliendo a borbotones mientras intentaba aclarar sus planes de viaje.

"Ya veo. ¿Y dónde estarán mañana?" Jenn levantó las cejas.

"Ibarra, creo."

"¿En qué hotel?"

"No lo sé. Corredores Globales se encarga de todo eso. Simplemente subimos al autobús y nos llevan al siguiente destino."

Jenn miró alrededor de la habitación nuevamente. "Entonces, ¿necesitan empacar esta noche?"

"Sí, pero solo nos toma unos minutos," respondió Joe.

Los ojos de Jenn aterrizaron en algo que había pasado por alto en su primer escaneo. Caminó hacia el escritorio y recogió un pequeño botón de plástico. Tenía las letras "GR" en el frente y un broche en la parte posterior.

Sosteniéndolo, se volvió hacia Christie y preguntó, "¿Qué es esto?"

"Es un broche para el dorsal."

Jenn levantó las cejas, indicando que no sabía lo que eso significaba.

"Oh, lo siento. Los corredores usan esos para sujetar sus números de carrera a sus camisetas." Christie miró alrededor de la habitación y recogió una camiseta de colores brillantes. "Como esta." La camiseta tenía un número de papel sujeto con varios de los botones. Christie desabrochó uno y luego lo volvió a abrochar para mostrar el propósito del botón.

"Eso es realmente interesante. No lo había visto antes. No estoy segura de que tengamos eso en Ecuador."

"Son algo nuevos en Estados Unidos, pero puedes comprarlos si no te gusta usar imperdibles."

"¿Y estos son personalizados para su grupo?" preguntó Jenn.

"Sí. Corredores Globales se los dio a todos en el viaje," respondió Christie.

"Eso es agradable. ¿Hay otros diseños?"

"Un juego completo es de cuatro, cada uno con una imagen diferente en él."

"¿Puedo quedarme con este?" Jenn miró a Christie con una expresión seria.

"Um, supongo que sí," respondió la mujer estadounidense.

"Gracias por su cooperación. Si necesitamos algo más, los encontraremos en Ibarra." Con eso, Jenn asintió hacia la puerta y ella y el policía de la calle salieron de la habitación, cerrando la puerta detrás de ellos. Se detuvieron en el pasillo y permanecieron a centímetros de la puerta.

Podían escuchar la voz de Joe cuando exclamó, "¡Genial! Acabas de regalar mi broche para el dorsal. Ahora, ¿cómo voy a sujetar mi dorsal?"

"¿Cómo si le fuera a decir que no a la policía? Viste la expresión en su cara. Es pequeña, pero te juro que daba más miedo que el tipo grande y uniformado."

Joe cambió de tema. "Hubo un asesinato justo enfrente de nuestra habitación. ¿Fue al azar? Podrían haber elegido nuestra habitación. Pretender ser el servicio de habitaciones, luego entrar y hacer… lo que sea."

"Para, Joe. Eso no es gracioso. Estoy buscando más detalles ahora."

Momentos de silencio siguieron antes de que la pareja hablara de nuevo.

"¡Guau! Aquí está," dijo Christie. "Emilio Ortega, el director general de Aspire Oil. Asesinado en su habitación de hotel. Haciendo tratos con el gobierno en Ecuador. La policía no tiene un sospechoso."

"¿Aspire Oil? Mi compañía trabaja para ellos. Fabricamos algunos equipos para sus plataformas petrolíferas," dijo Joe.

"¿De verdad? ¿Podría ella sospechar que estás relacionado con Ortega por eso?"

"¡De ninguna manera! Él es el director general. Yo solo soy un ingeniero para algún proveedor remoto."

En el pasillo, Jenn estaba anotando toda esta información. Este es el mejor trabajo del mundo, pensó para sí misma. Luego se volvió hacia el uniforme y dijo, "Próxima habitación."

Tocando en la habitación 1107, la pareja repitió su acto. Esta vez, se encontraron con una veterinaria con fotos de perros en su equipaje y computadora portátil.

Jenn varió un poco el guión al preguntar, "¿Los veterinarios viajan con suministros quirúrgicos?"

"Oh, sí, por supuesto. Tengo herramientas básicas de examen, vendajes específicos para mascotas, algunas agujas de sutura, ese tipo de cosas."

"¿Bisturíes?"

"¡No! Eso no pasaría por seguridad."

Jenn asintió. "Supongo que no. ¿Medicinas?"

"Algunas. Antibióticos básicos. Ya sabes, en caso de que vea un animal al que pueda ayudar en el viaje."

"¿Antibióticos que requieren una jeringa para administrarse?"

El entusiasmo cayó de la voz de Karen Von-algo. "Bueno, sí. La mayoría de ellos lo son."

"Muéstramelo." La petición fue firme.

Karen abrió una pequeña bolsa que contenía dos jeringas y cuatro pequeños frascos de líquido transparente. Obviamente estaba muy nerviosa ahora. Jenn podía ver pequeñas gotas de sudor en su labio superior.

"¿Y la seguridad del aeropuerto permite esto?" Jenn parecía escéptica.

"Sí. La medicina y el equipo son los mismos que un diabético podría llevar para su tratamiento personal. A veces, piden ver mis credenciales médicas. Eso generalmente lo aclara si tienen alguna pregunta."

"¿Lo mismo para los viajes internacionales?"

"El tratamiento de la diabetes es el mismo en la mayoría de los países." Karen sonaba a la defensiva, como si no estuviera acostumbrada a ser cuestionada sobre sus decisiones, y Jenn tomó nota mental de su comportamiento.

"Está bien. No sé nada sobre las leyes para eso en Ecuador. Solo estoy interesada en el asesinato en el pasillo."

Hubo algunas preguntas más antes de que los oficiales se despidieran. Al igual que antes, esperaron fuera de la puerta durante unos minutos.

Esta vez, todo lo que oyeron fue, "Oh, mierda." Luego, todo quedó en silencio en la habitación 1107.

CAPÍTULO 5

DERRIBANDO PUERTAS

En los confines sombríos de su cuartel improvisado en el bar del vestíbulo, la detective Jenn Moreno y su compañero Carlos se sentaron con tazas de café humeante, planeando su próximo movimiento. Los corredores estadounidenses habían despertado el interés de Jenn, no solo por su proximidad a la escena del crimen, sino por sus excursiones a destiempo por todo el país.

"Tres estadounidenses, Carlos. Tres en el mismo piso durante la noche del asesinato. ¿Coincidencia?"

murmuró Jenn mientras sus ojos recorrían las notas del caso esparcidas por la mesa.

Carlos, siempre escéptico, se encogió de hombros. "Podrían ser turistas siendo turistas. Pero revisaré sus coartadas para esa noche, solo para estar seguros."

En medio del ruido de los huéspedes que llegaban y salían, Jenn se acercó al mostrador de conserjería para obtener información más detallada sobre sus sospechosos. El conserje, un hombre bien vestido con una postura impecable, la saludó con una sonrisa cautelosa.

"Detective Moreno, ¿cómo puedo ayudarla hoy?" inquirió, su voz una mezcla de curiosidad y cautela.

"Necesito información sobre el grupo de corredores estadounidenses. ¿Algo inusual sobre su estancia? ¿Sus actividades o solicitudes?" preguntó Jenn en un tono deliberadamente casual.

El conserje hizo una pausa, sus ojos parpadearon hacia un libro de registro antes de responder, "Estaban muy entusiasmados con sus carreras, siempre pidiendo rutas locales y de compras. Nada fuera de lo común, aunque sí preguntaban mucho sobre la seguridad de las áreas que visitaban."

"¿Se encontraron con alguien más aquí? ¿Algún contacto local?" presionó Jenn.

"Solo los guías turísticos habituales. Pero hubo un corredor local que se unió a ellos ayer. Creo que trabaja para la empresa local que está guiando todo su viaje," añadió el conserje. Al hacerlo, ofreció un nuevo hilo para que Jenn tirara.

"Nombre y detalles de contacto, si los tienes," Jenn solicitó, entregándole su cuaderno.

El conserje anotó la información diligentemente, su mano firme pero rápida. "Aquí tienes. ¿Algo más, detective?"

"Eso será todo por ahora, gracias." Jenn guardó el cuaderno en su bolsillo, su mente ya corriendo con la nueva pista.

Después de que Jenn regresó para informar a Carlos sobre lo que había aprendido, su discusión fue interrumpida abruptamente por una llamada telefónica del Capitán Castillo. Su voz era tensa, cargada de urgencia.

"Moreno, un nuevo desarrollo. Los federales acaban de sacar explosivos de alta potencia de un casillero en el aeropuerto. Registrado bajo una identificación falsa, pero las conexiones con Aspire Oil son demasiado obvias para ignorarlas. Hoy están entregando una orden de registro a uno de los ejecutivos."

El pulso de Jenn se aceleró, pero necesitaba contarle a su jefe sobre los estadounidenses. "Jefe, tengo algo sobre los corredores estadounidenses."

"No hay tiempo para eso. Estamos apoyando esta misión. Regresa aquí ahora. Nos vamos en una hora," ordenó Castillo antes de colgar.

Volviéndose hacia Carlos, el rostro de Jenn estaba lleno de emoción ante la perspectiva de acción. "Cambio de planes. Voy a una redada. Quiero decir, una búsqueda de local. Lo que sea que esté pasando, es más grande de lo que pensamos."

El dúo salió del hotel apresuradamente, sus pasos rápidos y decididos. Mientras navegaban por las concurridas calles de Quito, Jenn no podía sacudirse un pensamiento persistente: los corredores estadounidenses, el guía local y ahora explosivos. Las piezas estaban allí, pero no parecían encajar.

Mientras se acercaban a la imponente estructura de la estación de policía, el aire estaba cargado de tensión. Jenn y Castillo, ahora vestidos con chalecos antibalas con la palabra "Policía" en el pecho y la espalda, se prepararon para la operación. Jenn notó dos federales que también estaban armados con equipo antidisturbios completo. Sus armas, una mezcla de escopetas y rifles automáticos, brillaban ominosamente bajo las fuertes luces fluorescentes. Acompañados por cuatro agentes igualmente bien equipados, el grupo parecía preparado para un asedio más que para un simple procedimiento legal.

"Jefe, ¿por qué ellos están vestidos para ir a la guerra y nosotros solo tenemos chalecos?" cuestionó Jenn, su voz resonando ligeramente en la sala cavernosa.

"Obviamente, vamos a seguir detrás de ellos. Ellos hacen el trabajo sucio. Nosotros solo miramos y apoyamos," respondió Castillo, su tono sugiriendo que era algo habitual, aunque Jenn encontró todo el montaje desproporcionado para la tarea en cuestión.

La caravana de vehículos policiales y federales se dirigió a una hacienda aislada situada en un enclave acomodado de Quito. El sol proyectaba largas sombras en el suelo mientras estacionaban discretamente a una cuadra de distancia; los vehículos se agruparon alrededor de un enorme Hummer que parecía fuera de lugar con su imponente voluminosidad.

El comandante de los federales, una figura severa con equipo táctico, hizo un gesto de silencio y atención. "Escuchen. Hemos enviado a tres de nuestros hombres hacia la parte trasera del complejo. Tenemos a tres más aquí en el frente, más todos ustedes, la policía local. Sospechamos que los guardias de seguridad del complejo no nos dejarán entrar fácilmente," informó, su voz baja, pero aun así resonante en todo el grupo.

Jenn intercambió una mirada preocupada con Castillo. La operación parecía más un asalto a una ubicación fortificada que la simple ejecución de una orden de registro.

El comandante expuso el plan con precisión clínica. "Castillo, tú y tu oficial joven, ustedes conducen hasta la puerta. Salgan del vehículo e informen a los guardias que tienen una orden de registro. Si los dejan entrar, entonces nosotros simplemente conducimos detrás de ustedes y entramos. Sin problemas."

La incomodidad de Jenn era palpable. No eran refuerzos; eran la punta de lanza de toda la misión. "¿Y qué pasa si no nos dejan entrar? Entonces, ¿qué sucede?" preguntó, su voz teñida de ansiedad.

La molestia cruzó el rostro del comandante federal. "Entonces lo manejaremos desde nuestras posiciones. Ustedes solo hagan su parte y traten de no estorbar," replicó antes de ordenar a todos que se prepararan para moverse.

Castillo, intentando tranquilizar a Jenn, la llevó de vuelta a su coche. "Solo entregamos la orden. Luego dejamos que los federales hagan el resto."

"Sí, eso es todo, excepto que estamos en medio de la zona de fuego," murmuró Jenn mientras se acercaban a las formidables puertas de la hacienda.

Al llegar, no fueron recibidos por un comité de bienvenida, sino por dos imponentes guardias armados con rifles AK-47. "¡Alto!" ordenó uno de los guardias, deteniendo cualquier avance adicional.

Castillo dió un paso adelante, la orden de registro en mano. "Tenemos una orden de registro para estas instalaciones," anunció. Su voz era firme, a pesar de la palpable tensión.

El guardia recibió la declaración de Castillo con una mirada pétrea. "No. No pueden entrar. Regresen a su pequeña comisaría," los despidió, gesticulando con el rifle para enfatizar.

"¿Está desafiando una orden judicial y a la policía?" desafió Castillo.

La expresión del guardia permaneció inalterada. "Sí," respondió simplemente, y bloqueó su camino.

En ese momento, la tensión se rompió con el sonido de dos fuertes explosiones. Jenn observó con incredulidad cómo los guardias colapsaban, golpeados por bolsas de frijoles no letales, un testimonio de la inesperada moderación de los federales. Dos agentes se abalanzaron desde la cobertura y ataron las manos de ambos guardias antes de que pudieran recuperarse.

A medida que la polvareda se asentaba, un enorme Hummer derribó las puertas, el comandante al volante, su rostro fijado en la determinación. "Suban," instruyó a través de la ventana abierta, aunque no a Jenn y Castillo. "No ustedes dos. Ustedes sigan en su coche."

Con las defensas exteriores superadas, el convoy avanzó hacia la grandiosa casa principal. La atmósfera era eléctrica, cargada de adrenalina y un sentido de confrontación inminente. En la puerta, los federales no perdieron tiempo. "Señor Delgado, este es el Servicio Federal Ecuatoriano. Estamos aquí para registrar su casa.

¿Le gustaría abrir la puerta? ¿O la volamos en pedazos?" Un agente ya estaba aplicando explosivos en los marcos de las puertas, por si acaso.

La amenaza de explosivos fue suficiente. La puerta se abrió, revelando a un hombre alterado que protestó vehementemente, pero en vano. El comandante, imperturbable, presentó la orden de registro. "Nuestra invitación para registrar su casa."

"¡Esto es indignante! El ministro del interior escuchará sobre esto. Tendrán suerte si solo pierden su trabajo, comandante. Aspire Oil está trayendo millones a este país, dinero que el gobierno necesita para pagar su salario."

Al entrar, el comandante expuso claramente las apuestas. "Señor Delgado, encontramos explosivos en un casillero en el aeropuerto. Estos son exactamente el tipo de explosivos que su empresa utiliza en sus operaciones petroleras. Por lo tanto, creemos que usted y su empresa están involucrados en algunas actividades no autorizadas. ¿Quizás esos explosivos estaban destinados a la casa del ministro del interior? ¿Quizás él no será tan rápido en defenderlo cuando se entere de esta noticia?"

"No sé nada sobre explosivos. Soy vicepresidente ejecutivo de la empresa," protestó Delgado, su voz una mezcla de indignación y miedo. Pero sus palabras hicieron poco para disuadir a los federales decididos mientras comenzaban su minucioso registro de la mansión.

Interrumpiendo, el comandante presionó más. "¿Y usted es el siguiente en la línea para el puesto de director general ahora que Emilio Ortega está fallecido?"

"Potencialmente. Sin embargo, esa decisión está en manos de la junta," respondió el ejecutivo.

"¿O quizás," especuló el comandante, "conspiraron con usted para eliminar a Ortega, asegurando su ascenso y duplicando sus retornos financieros de los acuerdos corporativos?"

"Esa acusación es injustificada. No se puede operar una empresa petrolera global con tales tácticas."

"Veremos sobre eso," replicó el comandante.

Justo entonces, un agente se acercó al salón principal, sosteniendo un artefacto. "Comandante, mire esto." Presentó un tubo largo adornado con marcas tribales y plumas vibrantes. En su otra mano, sostenía varios dardos grandes con plumas.

"Una cerbatana de la tribu Shuar del Amazonas, y estos dardos, ¿posiblemente recubiertos con veneno de ranas de árbol?" propuso el comandante.

"Estos fueron un regalo de la tribu, en reconocimiento a los beneficios que estamos trayendo a su área. No nos darían dardos envenenados destinados meramente para exhibición," argumentó el ejecutivo.

"Subestima sus tradiciones. Equipan incluso a sus niños con dardos envenenados para cazar. Imagínese si usted, o alguien más, quizás Emilio Ortega, hubiera sido accidentalmente pinchado por uno."

Un suspiro llenó la habitación. "¿Podría haber sido envenenado? Nunca los habría aceptado si lo hubiera sabido," exclamó el ejecutivo, su rostro palideciendo con el shock del peligro potencial.

"Enviaremos estos para pruebas para confirmar si están, de hecho, envenenados. Si es así, tendrá más que explicar," declaró el comandante.

Al concluir la operación, más agentes se congregaron en el vestíbulo, cada uno portando varios artículos ahora considerados sospechosos: una pistola, una botella de pastillas, documentos variados y una espada española antigua.

Afuera, mientras se preparaban para irse, el comandante felicitó a su equipo. "Excelente trabajo, todos. Incluso la policía local hizo bien hoy. Hemos incautado múltiples artículos que podrían estar vinculados a actividades criminales, incluyendo papeles sobre su complejo en la jungla."

Furioso, Castillo se dirigió a su vehículo con Jenn Morales cerca de él. "¡Esos malditos federales! Nos usaron como señuelos para provocar a los guardias. Una vez que los guardias reaccionaron, les dio justificación para escalar. Casi nos atraparon en medio de todo."

Jenn, aunque igualmente molesta, enmascaró sus preocupaciones con una sonrisa forzada y dio una palmada a su chaleco antibalas. "Al menos éramos a prueba de balas," bromeó, tratando de aligerar el ambiente.

En su camino de regreso, Jenn retomó una conversación que habían comenzado antes. "Jefe, sobre esos estadounidenses, creo que hay más en su historia. Quiero vigilarlos." Compartió detalles de sus entrevistas durante el viaje. Para cuando llegaron a la estación, Castillo había consentido en que continuara la investigación y rastreara sus movimientos. Jenn omitió estratégicamente lo que sabía sobre sus planes de salir de Quito al día siguiente. Sabía que no aprobaría una excursión por el país.

CORREDORA ENCUBIERTA

"Reúnanse, Corredores Globales. Vamos a repasar el plan del día", anunció una mujer británica menuda con un tono autoritario. Jenn solo la conocía como Zuri, un nombre que recordaba vagamente entre la miríada de detalles que había memorizado para su misión.

La voz de Zuri se proyectaba sobre la multitud reunida, una mezcla de emoción y rutina grabada en sus instrucciones. "Hoy será como la mayoría de los días. Empaquen su equipaje y recuerden que va debajo del autobús. Lleven su bolsa de día con lo esencial que necesitarán después de la carrera y para nuestra actividad". Algunas cabezas asintieron en señal de entendimiento, pero muchos en el grupo estaban envueltos en sus propias conversaciones, apenas prestando atención a la sesión informativa.

"Estos son nuestros socios locales", continuó Zuri, señalando a un grupo de lugareños liderados por un hombre llamado Patricio. "El equipo de Patricio planifica nuestras rutas de carrera, lidera las carreras y se adelanta a nosotros para asegurarse de que nuestros hoteles y comidas estén listos". Señaló a Patricio para que tomara la palabra, y él comenzó a presentar a su equipo en una mezcla de español e inglés.

Jenn estaba tercera en la fila. Su cabello estaba recogido en una cola de caballo sin complicaciones, su rostro ligeramente oculto por gafas. Llevaba un sombrero y una camiseta de GR marcados como "Staff". Era un disfraz débil, pensó, pero tendría que ser suficiente hasta que pudiera asegurarse de que aquellos que sabían su secreto lo mantuvieran: que estaba investigando un asesinato.

Su integración en el grupo había sido perfecta, una mezcla de circunstancias y manipulación astuta. Usando la información proporcionada por el conserje del hotel, Jenn y Carlos visitaron a uno de los guías, explicándole que llamaría para reportarse enfermo y no podría continuar con el viaje. Luego, le dieron el guión y le instruyeron para que llamará a Patricio y recomendará a su buena amiga Jenn Moreno como una sustituta ideal. Así de simple, Jenn ahora era parte del grupo turístico viajero. Sabía que este nivel de infiltración estaba más allá de lo que Castillo había aprobado cuando dijo que podía seguirlos. Pero el perdón podría venir después, especialmente si descubría al asesino.

Patricio presentó su rol sin fanfarria. "Jenn estará a cargo de los bocadillos del autobús, los puntos de ayuda y las mesas de comida en la meta". Luego continuó con las presentaciones.

Jenn observó casualmente a la pareja Adams para evaluar cualquier signo de reconocimiento. Afortunadamente, ellos, como la mayoría del grupo, estaban absortos en sus propias discusiones. Este anonimato era una bendición, proporcionándole más tiempo para mezclarse sin ser notada.

Una vez que todos estuvieron a bordo del autobús, Jenn guardó su caja de bocadillos y tomó asiento en la última fila, colocándose estratégicamente entre un grupo de corredores. Era un lugar ideal para escuchar conversaciones y empezar charlas informales.

"Me alegra que hayan venido a mi país. Verán algunos paisajes hermosos durante el viaje", dijo Jenn a un par de mujeres.

"Soy Toni, y esta es mi hermana, Lisa. Nos encantan estos viajes. Este es nuestro tercero", respondió la mujer. Luego, mostrando su propia curiosidad, preguntó, "¿Eres de Quito?"

"Mi familia originalmente es de las tierras altas, donde correremos hoy. Ahora vivo en Quito: más trabajos y mejor vida nocturna aquí. De hecho, correremos cerca de la granja de mi familia. Cultivamos plátanos y papas. ¿A qué te dedicas?" preguntó Jenn, tejiendo fragmentos de verdad en su historia de cubierta para hacerla más convincente.

"Somos ambas abogadas corporativas para la industria petrolera", respondió Lisa.

El interés de Jenn se despertó. "¿Alguna empresa aquí en Ecuador?"

"Probablemente. La mayoría son globales, así que podrían tener operaciones aquí", explicó Lisa sin mucho interés.

"¿Han oído hablar de Aspire Oil? Están haciendo grandes movimientos aquí", preguntó Jenn casualmente.

"Sí, por supuesto. Son muy conocidos. Aspire suele ser la primera en entrar en un nuevo país cuando hay olor a petróleo en el aire", dijo Lisa.

Luego, Toni añadió, "¿Sabías que tuvieron un gran banquete en nuestro hotel el primer día? Incluso su director general estuvo allí para hablar".

Jenn fingió ignorancia. "No, no estuve en el hotel ese día". Rápidamente cambió de tema a sus experiencias previas de viaje. "¿Su tercer viaje? ¿Dónde más han estado?"

"Islandia y Costa Rica. Ambos fueron increíbles", recordó Toni, y sus ojos se iluminaron con los recuerdos.

"¿Mucha gente regresa en múltiples viajes?" Jenn intentó entender mejor la dinámica del grupo.

"Sí, lo hacen. De hecho, conocemos a varias personas aquí de esos viajes anteriores", dijo Toni y señaló a otros en el autobús.

"¿Alguien aquí está en su primer viaje con GR?" Jenn pensó que esta información podría ser muy útil. Unirse a este viaje específico por primera vez sería una gran coincidencia, después de todo.

"Esas dos al frente, Alice y Cathy, allá. Probablemente otros también". Toni señaló a las mujeres a las que se refería.

Jenn tomó nota mental de los nombres y rostros. Escribiría esto más tarde cuando estuviera sola. "¿Bocadillos?" ofreció a las hermanas.

Mientras continuaban conversando, Jenn aprendió sobre las vidas de las mujeres y sus expectativas para este viaje. Ella compartió sus propias experiencias fabricadas de estudiar en la ciudad y trabajar para el departamento local de agua, una cubierta lo suficientemente cercana a su vida real para ser creíble.

Al otro lado, conversaba con una pareja de Montana, viajeros experimentados, pero sin vínculos directos con la industria petrolera. Jenn catalogaba mentalmente cada conversación, alerta a cualquier detalle que pudiera conectar a estos aparentemente inocuos turistas con su investigación. Contó a ocho de los estadounidenses que había conocido hasta ahora, y se sorprendió de cuántos tenían rasgos que los hacían posibles sospechosos.

El autobús avanzaba, dejando atrás las bulliciosas calles de Quito y subiendo hacia los paisajes verdes mientras se dirigía hacia su primera parada significativa: el ecuador.

CAPÍTULO 7

SOMBRAS Y RELOJES DE SOL

Las responsabilidades de Jenn como guía turística improvisada se detuvieron momentáneamente cuando el autobús se detuvo en Quitsato, un reconocido destino turístico conocido por su reloj de sol y su museo solar. Mientras los otros turistas desembarcaban con entusiasmo, Jenn se quedó rezagada al final del grupo, aprovechando los breves momentos de soledad para anotar sus observaciones en un pequeño y gastado cuaderno. Luego, rápidamente envió un mensaje al Capitán Castillo y a Carlos, actualizándolos sobre su progreso y ubicación.

Aún estaba demasiado cerca de Quito como para revelar lo que estaba haciendo a Castillo. Él ciertamente la llamaría de vuelta si lo supiera.

Jenn no era una extraña en Quitsato. Habiendo crecido cerca, había visitado el reloj de sol en varios viajes escolares y había llevado a amigos visitantes al museo, ubicado a poca distancia en coche de Quito. El sitio era modesto en comparación con otras atracciones ecuatoriales en Ecuador, pero contaba con un enfoque distintivo en la ciencia que apelaba a su mente analítica.

Mientras el grupo se congregaba alrededor de un modelo detallado de la Tierra y el sol, el científico residente comenzó su presentación. Relató el viaje de los astrónomos franceses que, en 1736, se aventuraron a las altas cumbres de Ecuador para medir la circunferencia de la Tierra. Sus palabras pintaron una vívida escena de aventureros históricos contra el telón de fondo de las altas montañas de Ecuador, que eran perfectas para observaciones celestiales, a diferencia de las densas selvas que cubrían el ecuador en otros países.

La explicación impresionó visiblemente a Toni, una de las hermanas abogadas. "Esta es una explicación mucho mejor que cualquiera que haya recibido en la escuela." Señalando el intrincado modelo de la Tierra frente al grupo, añadió, "Cada escuela debería tener un modelo como ese."

Jenn, como la mayoría de los ecuatorianos, se sentía bastante orgullosa cuando su tierra natal impresionaba a visitantes de países mucho más ricos que el suyo, especialmente aquellos de América.

El recorrido continuó hacia el enorme mosaíco de piedra del reloj de sol, pero Jenn se desvió hacia los bordes del grupo, atraída en cambio por la tranquilidad del extenso jardín de agaves. Saboreó la soledad, sabiendo que los corredores estarían ocupados tomando fotos junto al imponente pilar naranja del reloj de sol.

Mientras deambulaba entre los agaves, sus oídos captaron los llamados distantes para que el grupo se alineara a lo largo del ecuador para una foto. Perdida en sus pensamientos sobre la investigación, se agachó para examinar un agave de montaña particularmente llamativo, con puntas rojas. De repente, un profundo "golpe" rompió la calma. Girando, Jenn vió una gran roca cayendo desde la torre cercana, estrellándose en el jardín. Apenas la esquivó, saltando a un lado mientras la roca continuaba su camino destructivo, finalmente estrellándose contra un edificio de madera cercano.

"¡Dios santo!" exclamó Jenn, sus ojos miraron hacia la ahora vacía cima de la torre de donde se había desprendido la roca.

El personal de Quitsato y varios turistas se apresuraron hacia ella. Un miembro del personal preocupado llegó primero. "Señorita, ¿está bien?"

"Sí, sí. No me dio. Pero fue muy aterrador. Muy cerca," respondió Jenn, y podía sentir su corazón aun latiendo con fuerza por lo que podría haber pasado.

Un hombre mayor, vestido de manera formal, se acercó con un tono de disculpa. "Lo sentimos mucho. No sé cómo una roca tan grande pudo haber estado suelta y lista para caer. Gracias a Dios no resultó herida. Cerraremos el área y enviaremos a nuestro personal a revisar y asegurar cada piedra."

La mirada de Jenn volvió a la torre, el escepticismo se filtraba en sus pensamientos. ¿Fue lo que ocurrió realmente un accidente, o algo intencional?

Patricio, su jefe actual, se unió a ella, con preocupación en su rostro. "¿Estás bien? ¿Necesitas un examen médico?"

"No, no. Estoy bien. Solo fue un susto."

"¿Estás bien para continuar con el grupo?"

"Sí, por supuesto."

"Bien. Entonces, puedes tener la caja de bocadillos lista cuando todos suban al autobús. Ya sabes cómo son los americanos—siempre hambrientos."

Jenn asintió, su mente aun reproduciendo el incidente mientras se dirigía al autobús. Dentro del edificio ligeramente dañado, el científico continuó su conferencia. "¿Saben de dónde proviene la palabra 'norte'? Viene de la palabra alemana 'nord,' que significa 'izquierda.'

Los primeros astrónomos orientaron su mirada al amanecer y etiquetaron las direcciones desde ese punto de partida. Por lo tanto, el norte está a su izquierda, el 'sur' a su derecha, y el 'este' es la dirección principal donde sale el sol." Este discurso era la base de su desafío a la visión convencional del sistema solar. Jenn ya lo había escuchado todo antes, pero los errores arraigados de la historia eran demasiado profundos para corregir ahora, a pesar de los esfuerzos de científicos dedicados en puestos remotos como este.

En el autobús, Jenn se puso gafas de sol y una gorra, preparando una caja de bocadillos mientras los corredores volvían a bordo. "¿Bocadillo?" ofreció, escaneando cada rostro en busca de algún indicio de reconocimiento o emoción.

La mayoría pasó sin una segunda mirada. Sin embargo, Allen, el fotógrafo, se detuvo, poniendo una mano en su hombro con una sonrisa preocupada. En español, la instó, "Chiquita, ten cuidado. No debes lastimarte con nosotros. Estaríamos muy tristes." Ella se preguntó si sus palabras eran amables o una advertencia ominosa.

CAPÍTULO 8

ALTURAS SIN ALIENTO

Mientras el sol brillaba cálido en el cielo de la mañana, un autobús cargado pesadamente avanzaba por los serpenteantes caminos hacia Cotacachi Cayapas. Dentro, el grupo de corredores internacionales intercambiaba miradas ansiosas e historias sobre el desafío imponente que les esperaba: una carrera a alturas mareantes.

Karen, con sus pulmones acostumbrados al nivel del mar, se abrazó a sí misma como si el solo pensamiento de la próxima carrera pudiera dejarla sin aliento. "¡2.700 metros y subiendo! Eso es una locura. Yo vivo a treinta metros sobre el nivel del mar," exclamó, su voz teñida de una mezcla de emoción y temor.

A su lado, Alice brillaba como un faro de entusiasmo. Sus ojos centelleaban con la emoción de la aventura. "Denver está por encima de los 1.500 metros, y subo a las Rocosas regularmente. Tenemos muchas cumbres más altas que esta," respondió con confianza.

Karen se volvió hacia Alice con las cejas levantadas en un desafío silencioso. "¿Y corres en ellas?"

La sonrisa de Alice no vaciló, pero su respuesta fue un poco más modesta. "Bueno, no. Pero las caminamos."

Dave, rebosante de energía competitiva, no pudo contenerse. "Esta es mía. Corremos montañas en Phoenix. Así que solo tengo que lidiar con el cambio de altitud, y estaré bien." Claramente estaba ansioso por un curso que pusiera a prueba su temple; los tranquilos senderos de la reserva metropolitana de Quito no le habían ofrecido tal satisfacción.

Mientras tanto, Jenn, una local con la musculatura delgada y fuerte de alguien nacido para correr en estas tierras altas, había seleccionado sus zapatillas de correr favoritas. Eran su vínculo con la tierra, sus aliadas en la danza sobre un terreno que era tanto amigo como enemigo. Estaba decidida a tallar unos cuantos kilómetros en estos senderos, aunque su papel encubierto limitaba su libertad.

"Patricio, esta es mi provincia natal. ¿Puedo correr unos kilómetros?" preguntó, su voz llevaba la sutil fuerza de alguien que conocía la tierra como las líneas de sus manos.

Patricio se volvió con una expresión de leve sorpresa. "¿De verdad quieres correr con ellos?" Sus ojos buscaban los de ella, tratando de descifrar sus motivos.

La sonrisa de Jenn era traviesa, un destello de su astucia interior que la hacía excelente en su trabajo. Patricio cedió al verla. "Está bien, puedes correr. Pero primero, prepara la mesa de bocadillos en la línea de meta." Señaló hacia las mesas vacías, esperando provisiones. Con una sonrisa conspirativa propia, dijo, "Y no superes a los líderes. Si llegas primera, tú vuelves a Quito."

La risa era su idioma compartido mientras Jenn se apresuraba a preparar las mesas. Agarró una botella de agua, su peso era reconfortante en su mano.

El aire vibraba con anticipación mientras se acercaba la primera carrera oficial del viaje de vacaciones. Un alto y musculoso estadounidense con la postura de alguien acostumbrado a liderar desde el frente se movía hacia la línea de salida junto a un hombre cuya complexión se asemejaba a una fortaleza de músculos. Jenn aún no lo ha conocido. Se entrelazó en el corazón del grupo, donde Christie y Karen, ambas previamente entrevistadas, trotaron sin conocimiento de su verdadera identidad.

Ahora, sin gorra ni gafas de sol, era el momento de ver si la reconocían.

"Corredores Globales... ¡Adelante!" gritó Patricio.

El llamado inicial desató al grupo como un río rompiendo una presa. Los líderes avanzaron mientras los corredores medios partían a un ritmo medido, y los de atrás comenzaban su batalla cuesta arriba con una caminata constante.

Jenn seguía a Karen, sus pasos eran fáciles y no se veían afectados por el aire delgado. Pero a medida que la pendiente se hacía más empinada, el ritmo de la veterinaria disminuyó, y Jenn aprovechó el momento para situarse a su lado.

"Ten cuidado si no estás acostumbrada a la altitud. No necesitamos que nadie se desmaye el primer día," aconsejó Jenn. Se aseguró de que su voz fuera firme y pareja.

Karen, luchando con el aire delgado, logró asentir y un "Gracias" forzado. Pasó un momento antes de que el reconocimiento brillara en sus ojos. "Espera, ¿tu nombre?"

Jenn se inclinó en el momento; con voz baja, respondió, "Detective Jenn Moreno. Hemos hablado antes. Ya sabes, las jeringas."

Karen se detuvo en seco, sus ojos abiertos de par en par con un repentino entendimiento. "¡Oh, Dios mío!

Es usted. Pensé que me resultaba familiar." Las palabras salieron entrecortadas entre respiraciones dificultosas. Jenn esperó pacientemente mientras Karen procesaba la revelación. "¿Por qué estás aquí? No he hecho nada. Ni siquiera sabía que el tipo del petróleo estaba en el hotel," balbuceó Karen, sus defensas levantándose a su alrededor como los pelos de un perro.

"Por supuesto que no. Pero mi investigación no ha terminado, y dado que todos se iban de la ciudad, necesitaba venir," explicó Jenn, haciendo una pausa para dejar que sus palabras surtieran efecto. Luego añadió un escalofriante pensamiento final, "Además, es probablemente mejor no mencionar a los demás que eres una sospechosa de asesinato potencial."

El rostro de Karen perdió color, incluso bajo el duro sol andino. "No, yo no—quiero decir, no diré. ¿Qué esperas que haga?"

"Sencillo. Mantén mi identidad en secreto para los demás. ¿Puedes manejar eso?"

"Puedo. Mis labios están sellados." Karen presionó un dedo contra su boca. "Honestamente, los suministros son para animales necesitados, no para personas."

"Bien. Ni una palabra." Con eso, Jenn se lanzó por el sendero, dejando a Karen con su caminata solitaria.

La investigación estaba progresando más suavemente de lo que Jenn había esperado. Superó a unos cuantos corredores del grupo medio, fijando su vista en Christie Adams. La mujer estaba sola, perfecta para otra conversación discreta.

"¡Christie! ¿Cómo va la carrera?" llamó Jenn.

Sin disminuir la velocidad, Christie respondió, "No está mal. Estoy acostumbrada a correr colinas, pero esta altitud es otra cosa."

"Tómate un momento para admirar el cráter a tu izquierda," sugirió Jenn. "Es un espectáculo para contemplar."

Christie miró y quedó impresionada. "¡Increíble! Nunca imaginé que experimentaríamos esto."

Estaban en la cima del borde de un antiguo, y frondoso volcán. Su cráter, ahora un lago sereno, estaba rodeado de vegetación, un corazón tranquilo en un paraíso ecuatorial. El sendero en el que estaban, mantenido por el servicio del parque, bordeaba el borde. La ruta elegida para su carrera era un circuito de doce kilómetros alrededor del antiguo volcán.

"No hay muchos volcanes extintos en Minnesota, ¿verdad?" bromeó Jenn.

"Ninguno en absoluto," respondió Christie, luego miró a Jenn con sospecha. "¿Cómo supiste que soy de Minnesota?"

"¿Y que tu marido es ingeniero con vínculos con Aspire Oil?" Jenn presionó.

La memoria de Christie volvió a la noche anterior en el hotel. "Eres la detective. ¿Qué haces aquí?"

"Simplemente continuando mi investigación, aunque todos se marcharon de repente," explicó Jenn.

"Solo estamos siguiendo el itinerario de viaje de GR," replicó Christie.

"Claro, pero recuerda que tú y Joe saben quién soy. Los demás no. Mantengámoslo así," instó Jenn.

"¿Por qué debería?"

"Complica mi trabajo. Además, ¿quieres que todos sepan que fuiste una de las principales sospechosas? Y tal vez aún lo seas."

El enfrentamiento entre las dos mujeres era palpable. Christie estaba indignada por ser sospechada y acorralada. Sin embargo, sabía que los problemas legales en un país extranjero podían ser graves, como había visto en innumerables películas.

Christie finalmente rompió el silencio. "¡Está bien! Pero esta es la última vez que hablamos. Y deja las amenazas de asesinato."

"De acuerdo. Por favor transmite esta solicitud a Joe también."

"¡Hecho!"

Reanudaron su carrera sin otra palabra. Jenn, sintiendo una oleada de victoria, aumentó su ritmo, dejando a su sospechosa atrás. Adelante, escuchó un fuerte "¡pum!", seguido de una exclamación. Al doblar la esquina, un turista estaba en el suelo debajo de un cartel de información. Otro corredor lo atendía.

No es mi trabajo, pensó Jenn, acelerando. Tenía tiempo para recuperarse si quería quedar entre los primeros diez, o mejor.

CAPÍTULO 9

EJÉRCITO DE UNO

Mientras Jenn avanzaba por el sendero escabroso, su respiración se mantenía constante, sincronizada con el ritmo de sus zapatos golpeando el camino rocoso. La alta altitud de las estribaciones andinas era su entorno natural, pero sus ojos estaban fijos en la figura delante de ella: un hombre imponente cuyos músculos se flexionaban con cada pisada.

"Eres muy rápido para ser un hombre grande, señor," comentó Jenn, su voz firme a pesar del esfuerzo, mientras alcanzaba a Jarrod Turner.

"Gracias. Mucho entrenamiento," respondió él, esbozando una sonrisa mientras la miraba. "Tú también eres bastante rápida para ser una vendedora de bocadillos. Claramente, eres una corredora entrenada."

"Crecí por aquí. Estoy acostumbrada a la altitud y al terreno." Jenn lo miró especulativamente. "Has pasado por un entrenamiento bastante serio para hacer esto. ¿Fuiste militar?"

"Sí. Ejército, doce años."

"Mi padre era del Ejército Ecuatoriano. ¿Eras de infantería, artillería, defensa aérea o algo más?"

"Ranger del Ejército, así que un maestro de todos los oficios."

"Mi padre dice que un Ranger conoce el combate cuerpo a cuerpo, habilidades de francotirador, explosivos, infiltración y cosas de ninja sigiloso. ¿Es correcto?"

"Tu padre está bien informado. ¿Alguna vez entrenó con nosotros?"

"Creo que sí, pero era muy reservado sobre esas cosas."

"Entendible." La conversación y la empinada pendiente desafiaban su respiración, lo que hacía difícil hablar.

Jenn disminuyó un poco el ritmo. "Voy a quedarme atrás un poco. Necesito recuperar el aliento."

"Fue bueno hablar contigo. Nos vemos en la meta." Con una inclinación de cabeza, él avanzó, dejando a Jenn considerando su próximo movimiento.

Mientras lo veía alejarse, Jenn consideró las implicaciones. Un soldado entrenado ciertamente podría ejecutar las acciones precisas y mortales necesarias para matar a alguien tan conocido como Ortega sin dejar evidencia. Hizo una nota mental para agregar estos detalles a su cuaderno cuando volviera al autobús.

Jenn mantuvo un ritmo constante mientras se acercaba al final de la carrera. Escaneando el horizonte, calculó su posición: probablemente solo cuatro corredores delante de ella. Terminar fuerte honraría sus raíces ecuatorianas y aún mantendría su cubierta con los Corredores Globales.

Descendiendo la última colina, la línea de meta apareció a la vista, marcada por banderas vibrantes ondeando en la brisa montañosa. Patricio, su colega, ya estaba esperando en la mesa de bocadillos, su rostro iluminado con una amplia sonrisa y un pulgar arriba entusiástico.

"Jenn, aparentemente eres más corredora que guía turística," la saludó Patricio cuando se acercó. Estaba jadeando un poco, pero sonriendo.

"Me va bien," respondió ella, con un destello de orgullo en sus ojos. Juntos se ocuparon de reponer las bebidas y bocadillos mientras esperaban que el resto del grupo terminara.

Mientras trabajaban, Jenn tomó un momento para enviar un mensaje de texto a su jefe, Castillo. "Jefe, ¿ha determinado el examinador médico la causa de la muerte? Sería de gran ayuda saber qué estoy buscando aquí."

La respuesta no fue inmediata, pero eventualmente llegó. "Inconcluso. Posiblemente veneno. O estrangulamiento. O golpe contundente en el pecho. El examinador médico dice que hay signos vagos de los tres."

"Poco útil," escribió ella de vuelta, la frustración evidente en su breve respuesta.

"Ni me lo digas. Por cierto, ¿dónde estás?"

"Siguiendo con los turistas. Conseguí un trabajo temporal como parte del equipo de guías. Buen encubrimiento."

"¿Dónde exactamente?"

"Estamos en alguna reserva natural fuera de la ciudad. No estoy segura exactamente dónde." La respuesta de Jenn fue deliberadamente vaga, ganando tiempo para continuar su investigación.

"Mantente en contacto," respondió Castillo sucintamente.

Mientras Jenn consideraba los hallazgos médicos ambiguos: veneno, estrangulamiento, golpe contundente, se dio cuenta de que cualquiera de los turistas aún podría ser sospechoso. Rápidamente guardó el último de los bocadillos y se unió a los demás mientras subían al autobús.

Encontrando su asiento habitual ocupado, vio uno vacío cerca del frente y se acomodó justo cuando el autobús comenzó a moverse. Allen, el argentino que había conocido antes, estaba en el asiento adyacente.

"Chica, ¿dónde has estado? Temí que otra roca te hubiera atropellado," bromeó Allen, tratando de aligerar el ambiente.

"No me viste porque estaba muy adelante en el sendero," replicó Jenn, su sonrisa afilada en lugar de amistosa.

"Te tendré vigilada en la próxima," murmuró Allen, bajando la voz. "No queremos perder a la detective entrometida." Luego guiñó un ojo de manera engreída y condescendiente.

"Tú solo guarda eso para tí mismo." El tono de Jenn era firme, sus ojos entrecerrados. No era una sugerencia, sino una orden.

"Sí," respondió Allen, girando su mirada hacia la ventana para evitar más confrontación.

El resto del viaje estuvo lleno de charlas de los otros turistas, pero Jenn y Allen se sentaron en un tenso silencio. Cuando el autobús finalmente llegó al viejo Hotel Hacienda, la nostalgia se mezcló con el enfoque profesional de Jenn. El lugar le recordaba sus vacaciones universitarias, completo con una piscina, jacuzzi, billar e incluso una pelea de gallos clandestina para aquellos que conocían su horario. Sabía que tales actividades no formaban parte del itinerario para los visitantes estadounidenses.

Zuri, su líder de excursión, se levantó y anunció el horario de la noche con un tono alegre. "Hora feliz a las seis. Cena a las siete. Todos, tomen su llave de habitación en la recepción."

Mientras el grupo comenzaba el típico ajetreo para desembarcar, los pensamientos de Jenn se centraban en su investigación. Cada conversación, cada interacción, ahora se sentía como una pista en el extenso rompecabezas que estaba decidida a resolver.

ASOCIACIONES INESPERADAS

El vestíbulo de la rústica hacienda, enclavada en lo alto de los Andes, zumbaba con la llegada de sus invitados para la noche. Jenn Moreno estaba en la fila, sus pensamientos vagando, hasta que la voz del recepcionista la devolvió a la realidad.

"Jenn Moreno, aquí está, habitación 201," dijo el recepcionista, entregándole una llave sin mirarla.

Hasta entonces, no se le había ocurrido que era una sustituta de última hora para un guía masculino. Entonces, probablemente la habían emparejado con otro hombre. "Eh, ¿quién es mi compañero de cuarto?" preguntó Jenn, tratando de ocultar su ansiedad.

Desde atrás, una voz alegre respondió: "Soy yo."

Al darse la vuelta, Jenn fue recibida por Zuri, quien jugueteaba con una llave a juego. El alivio en el rostro de Jenn era palpable, aunque teñido de preocupación. "Oh, gracias, Zuri. Pero no quiero imponerte. Pensé que tendrías una habitación para ti sola."

La risa de Zuri llenó el aire. "Normalmente no. Suelo compartir habitación con Sheryl, la otra directora del evento. Pasamos la mitad de la noche resolviendo los últimos problemas del plan. Pero ella no pudo venir esta vez, así que hay una cama vacía."

"O lo estaba hasta que el guía original canceló y me enviaron a mí como su reemplazo," admitió Jenn, aún incómoda con el arreglo.

"No hay problema. Estoy acostumbrada, pero quizás tengas que ayudarme con algo de planificación en lugar de dormir." Zuri guiñó un ojo.

"Encantada de ayudar. Ser parte de este viaje es un enorme privilegio para mí. Solo dime lo que necesitas."

"Por ahora, dejemos nuestro equipaje porque la hora feliz empieza en quince minutos. No queremos perdernos eso," dijo Zuri, ya dirigiéndose a su habitación con propósito. Jenn la siguió rápidamente, emocionada por las posibles perspectivas que esta nueva sociedad podría ofrecer.

En cuestión de minutos, se encontraron en el bullicioso bar del patio; el aire estaba lleno del aroma de bebidas exóticas y el sonido de charlas animadas. Jenn, ansiosa por disfrutar la cultura local, decidió pedir una especialidad regional para sus bebidas.

"Dos canelazos de Imbabura, señor," ordenó con confianza al barman.

Zuri, intrigada, preguntó: "¿Qué es eso? Nunca lo he oído."

"Es una bebida tradicional aquí en las tierras altas, hecha de aguardiente y plantas de raíces locales. Es bastante única, no tan refinada como los licores comerciales, pero está llena de carácter local," explicó Jenn.

"Estoy dispuesta a probar," dijo Zuri, tomando un sorbo tentativo antes de reaccionar al fuerte sabor. "Definitivamente no es suave. Tiene un toque afrutado y terroso."

Jenn asintió. "Esta área es el único lugar donde lo hacen así. Las tierras bajas lo intentan, pero no pueden igualar la altitud o el aire seco aquí para la fermentación."

"¿Llamas a esto seco? He estado sudando sin parar." Zuri rió, abanicándose.

Jenn también rió, antes de pedir otra ronda. Ahora era su oportunidad de aprender más sobre los Corredores Globales. "Zuri, eres de Inglaterra, pero trabajas con esta compañía americana de Colorado. ¿Cómo sucedió eso?"

"En realidad, soy de Gales," corrigió Zuri suavemente. "La mayoría de la gente fuera del Reino Unido no está muy familiarizada con ello. Pero solía guiar excursiones en España y Francia. Luego conocí a Sheryl en un viaje de exploración, y al final de la noche, ya estaba trabajando para ella. Ahora, dirijo viajes por todo el mundo."

Jenn se maravilló ante la idea de una carrera tan aventurera, contrastando fuertemente con su propia rutina de perseguir los mismos crímenes en una gran ciudad año tras año. "Eso suena mucho más emocionante que mi trabajo en el departamento de agua."

"Ves, estás avanzando. Solo estar aquí es un paso adelante. Podrías estar atrapada en una oficina ahora," alentó Zuri.

Jenn, escaneando la multitud, reflexionó sobre los desafíos de manejar un grupo tan diverso. "¿Cómo manejas a todos estos rufianes?"

"En su mayoría, son fantásticos, en realidad. Algunos se han convertido en amigos cercanos." Zuri señaló a Samara al otro lado del bar. "Ella ha venido a diez viajes conmigo. Somos prácticamente familia ahora. Cuando está en el Reino Unido, se queda conmigo, y yo tengo un lugar donde quedarme en su casa en California."

A medida que la noche avanzaba y los canelazos fluían, la atención de Jenn se desvió momentáneamente.

Volvió en sí justo cuando Zuri estaba hablando de una pareja que había estado desesperada por unirse al viaje.

"Fueron persistentes, revisando diariamente por cancelaciones ya que estábamos a plena capacidad para las Galápagos," explicó Zuri.

"Eso suena intenso. ¿No podían simplemente esperar al próximo viaje?" Jenn reflexionó, sus instintos de detective despertándose.

"Dijeron que era ahora o nunca debido a conflictos de horario." Zuri se encogió de hombros.

Justo entonces, con los efectos del canelazo agudizando su enfoque, Jenn se dio cuenta de la importancia de este detalle. "Lo siento, ¿quiénes fueron las adiciones de última hora otra vez?"

Zuri también sentía los efectos. "¡Esas dos! Alice y Cathy. Vamos a hablar con ellas." Comenzó a llevar a su compañera de cuarto hacia una mesa llena de gente.

Cuando llegaron a la mesa, señaló. "Alice consiguió el último asiento en este viaje. No podía esperar seis meses para el próximo. Tenía que ser ahora. Olvidé la razón. ¿Cuál era la razón otra vez, Alice?"

"Me mudo a un nuevo trabajo. No tendré tiempo de vacaciones acumulado cuando empiece."

"Sí, eso es. Sin tiempo de vacaciones. Alice, lo logramos, ¿no? Aquí estás." Zuri levantó los brazos en el aire para abarcar todo Ecuador.

Alice también estaba disfrutando la hora feliz. "Y ha sido increíble hasta ahora. Viaje muy exitoso. Terminé todo mi trabajo en Quito, así que ahora estoy libre para disfrutar de la naturaleza."

"¿Trabajo? ¿Estabas trabajando? No se trabaja en un viaje de Global. Solo correr y relajarse," regañó Zuri juguetonamente.

Alice respondió, "Algunos trabajos solo se pueden hacer en un lugar específico en un momento específico." Apuntó sus dedos a Zuri como si fueran pistolas e hizo un sonido de disparo. Luego estalló en risas.

Jenn guardó cada detalle. Su urgencia por estar en este viaje tocó una fibra en ella. La noche estaba llegando a su fin, pero su mente apenas comenzaba. Mañana, seguiría esta nueva pista. Por ahora, ella y Zuri acordaron dar por terminada la noche, retirándose a su habitación llenas de nueva camaradería.

SOSPECHAS OSCURAS

A medida que la oscuridad se profundizaba, proyectando largas sombras sobre el paisaje, las actividades vibrantes del día —la hora feliz, la cena y otra ronda de cócteles— gradualmente se fueron apagando en el Hotel Hacienda ubicado en las exuberantes afueras de Ibarra. La mayoría de los huéspedes, como Zuri, habían sucumbido al sopor del sueño, sus aventuras pausadas hasta el amanecer. Sin embargo, Jenn, impulsada por una urgencia inquieta, se aventuró silenciosamente hacia la terraza de la piscina iluminada por la luna, con su teléfono en mano, necesitando compartir sus hallazgos con un colega.

Su voz era un susurro contra el suave chirrido de la fauna nocturna. "Carlos, necesito saber qué está pasando allá en Quito."

La voz de Carlos crujió al otro lado de la línea, teñida de confusión. "¿Qué quieres decir con 'allá en Quito'? ¿No estás aquí también?"

"Estoy trabajando de encubierta con el grupo de corredores. Ellos salieron de la ciudad, así que yo también tuve que irme."

"Espera, ¿el Capitán Castillo sabe sobre esto?"

"Me dio autorización para seguir investigándolos, así que eso es lo que estoy haciendo. No necesita más detalles, y tú tampoco se lo digas."

"¿Dónde estás?" preguntó Carlos.

"En un Hotel Hacienda cerca de Ibarra. En realidad, ahora mismo estoy en la piscina tratando de no despertar a nadie," confesó Jenn.

"Lo siento por preguntar. Está bien, no se lo diré. Querías saber sobre el caso de los federales. Pusieron a Delgado, el ejecutivo petrolero, bajo arresto domiciliario. Él y su familia no pueden salir de su complejo. Sus guardias están en la cárcel esperando fianza. Los federales están custodiando las puertas de su hacienda ahora."

"¿Alguno de esos objetos que tomaron está relacionado con el asesinato?"

"Es curioso que lo preguntes. Los dardos para la cerbatana estaban impregnados de veneno. El pueblo Shuar lo consideraba un signo de respeto darle un arma completamente letal. El examinador médico está probando el veneno para ver si coincide con algo en el análisis de sangre de la víctima."

"¿El examinador médico ha sido más específico sobre la causa de la muerte?"

"Oh, sí, lo ha sido. Dice que está definitivamente seguro de que la víctima fue envenenada, estrangulada y golpeada en el pecho. Sin embargo, no puede determinar cuál ocurrió primero o cuál realmente lo mató."

Aunque ya había oído la noticia antes, la falta de aclaración de lo que exactamente había sucedido la exasperó. "Tienes que estar bromeando. ¿Cuán muerto tenía que estar antes de que el asesino se sintiera satisfecho?"

"Lo sé. Pero Castillo está encantado. Si resolvemos este caso, ya está planeando su discurso en la próxima conferencia de fuerzas policiales."

"¿Y los federales tienen más sospechosos?"

"Están entrevistando a personas en las oficinas locales de Aspire y en el almacén. Están enviando un equipo al complejo en el Amazonas donde se va a realizar la perforación. Están tratando de seguir el rastro de los explosivos desde el aeropuerto."

Jenn puso los ojos en blanco. "Entonces, ¿siguen con la teoría de que es un trabajo interno?"

"Definitivamente."

"Bueno, creo que están equivocados. Alguien en este grupo de corredores está involucrado. Viste ese pin con la bandera ecuatoriana. Todos estos corredores tienen uno de esos... bueno, todos menos uno de ellos. Es un artículo personalizado para este viaje."

"Sí, lo recuerdo. Pero, ¿no son solo un montón de turistas?"

"¡Shhh!" La voz de Jenn bajó a un susurro urgente cuando escuchó un ruido en las sombras al otro extremo de la piscina. Hizo una pausa, escuchando atentamente. Siguió más ruido, luego un pequeño animal oscuro salió de la maleza y corrió a lo largo del borde del edificio. "Solo una rata."

Carlos se rió. "O una cobaya."

Ella asintió, aunque él no podía verla. "Sí, tal vez." Jenn continuó añadiendo, "Así que, este grupo no es tan inocente como parece. Todos con los que hablo tienen alguna conexión con Aspire." Jenn repasó la lista de sospechosos escrita en su cuaderno, su voz una mezcla de frustración y determinación. "Tengo a Karen Von-algo, la veterinaria que lleva drogas con ella de vacaciones. Luego Joe y Christie Adams. Él es un ingeniero para un proveedor de Aspire. Allen Shur, el argentino, en realidad es el fotógrafo del viaje. Pero está actuando muy sospechoso; o está coqueteando conmigo o tratando de matarme."

Carlos interrumpió, preocupado. "¡Matarte! ¿Cómo? ¿Qué pasó?"

"Te lo contaré más tarde. Vamos a centrarnos en mi lista de sospechosos. Toni y Lisa son un par de abogados de Nueva York que trabajan para varias compañías petroleras. Jarrod es un ex Ranger del Ejército con las habilidades y la fuerza para golpear a alguien hasta matarlo. Y finalmente, acabo de conocer a Alice, que suplicó para unirse a este viaje en el último minuto. Está muy emocionada por haber terminado un proyecto de trabajo antes de que saliéramos de Quito y estaba bromeando al pretender dispararle a alguien."

Carlos silbó, claramente asombrado por todo lo que ella había descubierto. "Esa es una lista bastante grande. ¿Has conocido a alguien que no sea sospechoso?"

"Oh, claro. Patricio, el dueño de la empresa de guías. Zuri, que está guiando a los americanos. Por último, hay un par de contables de Montana que están más interesados en la observación de aves que en cualquier otra cosa."

"Mantén los ojos abiertos, Jenn. Parece que estás en medio de algo más grande que solo un grupo de turistas."

"Lo sé. Te mantendré informado. Pero por ahora, voy a volver a mi habitación. Es demasiado espeluznante aquí afuera con solo la luna y los sonidos de la selva."

"Cuídate, Jenn. Llámame en cualquier momento."

"Lo haré. Buenas noches, Carlos."

Con la llamada telefónica concluida, Jenn se quedó quieta un momento más, dejando que la oscuridad de la noche la envolviera. Sentía el peso de la soledad en su misión, un recordatorio inquietante de los peligros que acechaban en las sombras. Con una respiración profunda, se dio la vuelta y se dirigió de regreso a su habitación, su mente acelerada con teorías y su corazón inseguro de en quién confiar. Perdida en sus pensamientos, no se dio cuenta de la sombra humana que se mezclaba con los árboles fuera de su habitación.

Al cerrar la puerta detrás de ella, las cuatro paredes la recibieron de vuelta a la apariencia de seguridad. Jenn no podía sacudirse la sensación de que cada momento pasado descubriendo la verdad la acercaba más al peligro, pero sabía que este era un camino que tenía que recorrer. Por ahora, el descanso era primordial. El mañana traería su propio conjunto de desafíos y revelaciones, y necesitaba estar lista para enfrentarlos de frente.

TRADICIONES ANDINAS

Era una mañana hermosa para explorar el Camino Inca por las montañas de los Andes. El sendero había sido utilizado durante más de 500 años por los incas después de que conquistaron esta área y tomaron el control de los pueblos indígenas. La sección que este grupo recorrería comenzaba cerca de los picos locales a 12.000 pies de altitud y descendía a 9.000 pies durante el recorrido de ocho millas.

Jenn se levantó temprano y se estaba preparando para sus deberes como la proveedora oficial de combustible e hidratación para el grupo. Había organizado un regalo especial para el grupo: una infusión local de té de guayusa, una bebida revitalizante que se remonta a los días en que los mensajeros incas recorrían estos mismos caminos. La antigua mezcla de hojas y raíces era más que una bebida; era un sorbo de historia, energizante y reconfortante. Jenn anticipaba el vigorizante sabor, aunque estaría sirviendo en lugar de unirse al recorrido.

Zuri también estaba casi lista para partir. Cuando Jenn salió de su habitación compartida, la tranquilidad de la mañana se vio interrumpida. Un suave "golpe" llamó su atención hacia el marco de la puerta, donde un dardo, con su extremo emplumado temblando, estaba incrustado ominosamente a la altura del hombro.

"¡Ay!" exclamó Jenn, sus instintos activándose mientras se lanzaba a cubrirse. La barandilla de madera del porche y la espesa maleza a su alrededor proporcionaron protección mientras otro dardo cortaba el aire, con intención mortal.

Al escuchar el alboroto, Zuri apareció en la puerta con su maleta en la mano, la preocupación marcada en su rostro. "¿Qué pasa?" preguntó, viendo a Jenn tendida en el suelo.

"Vuelve adentro. Dardo envenenado," ladró Jenn, su voz aguda con urgencia.

Zuri, desconocedora de tales peligros, pero muy consciente de la palabra "veneno," se retiró rápidamente mientras otro dardo se clavaba en la robusta madera de la puerta.

"Jenn, ¿estás bien?" La voz de Zuri temblaba desde detrás de la puerta cerrada.

"Estoy bien. Quédate ahí. Voy a echar un vistazo," respondió Jenn, manteniendo su voz calmada a pesar de la adrenalina que corría por sus venas.

Se arrastró hasta un arbusto más grande, levantándose cautelosamente de rodillas para inspeccionar el área. El complejo estaba quieto; los jardines parecían congelados en el tiempo, y la luz de la mañana revelaba poco en las sombras. En cuclillas, se movió de cobertura en cobertura, siempre vigilando cualquier movimiento y temiendo un dardo en un brazo o hombro expuesto. Pero quienquiera que hubiera lanzado estos ataques silenciosos había desaparecido: eficientemente, silenciosamente, profesionalmente.

Regresando a la seguridad de su habitación, Jenn llamó a la puerta y entró. Los ojos de Zuri estaban muy abiertos por el miedo. "¿Qué pasó? ¿Quién está ahí afuera?"

Tratando de calmar los temores de su amiga, Jenn optó por una verdad a medias. "Probablemente solo eran unos niños jugando con una cerbatana. Accidentalmente dispararon hacia aquí."

Zuri parecía escéptica. "¿Jugando? ¿Con un arma letal?"

"Solo es letal si los dardos están envenenados," replicó Jenn, omitiendo deliberadamente el peligro real. "No hay nadie ahí afuera ahora. Debe haber sido desde el otro lado del campo. No podían vernos."

"¿Estás segura de que nadie está tratando de dispararnos?"

"Bueno, ya no," trató de tranquilizarla Jenn con una sonrisa forzada. "Vamos, o perderemos el autobús."

Una vez que Zuri y sus pertenencias estuvieron a salvo en el autobús, Jenn tomó un momento para enviar un mensaje de texto rápido: "Carlos, te necesito aquí. Amenaza definitiva. Empaca una bolsa. Enviaré la ubicación y detalles de cobertura más tarde."

Luego buscó a Patricio, su jefe de carrera. "Patricio, esta experiencia ha sido increíble. ¿No mencionaste que necesitabas un segundo fotógrafo?"

"Así es. Estamos cortos de personal desde que nuestro segundo se fue a otro trabajo," explicó Patricio.

"Conozco a alguien perfecto para el puesto. Su trabajo es impresionante, especialmente con fotos de acción y luz natural," ofreció Jenn, sin revelar que las "fotos de acción" que Carlos generalmente capturaba eran mucho más sombrías que los paisajes. Luego añadió, "Y haría el trabajo gratis si cubres su alojamiento y comida en el viaje."

"¿Gratis? Eso encaja en nuestro presupuesto. Puede unirse a nosotros en la próxima parada. Si su trabajo me impresiona, se queda," acordó Patricio.

"Gracias. Superará tus expectativas," aseguró Jenn, enmascarando su alivio con una sonrisa profesional.

De vuelta en su teléfono, confirmó con Carlos: "¡Felicidades! Estás contratado como el nuevo fotógrafo. Sin paga, solo alojamiento y comida. Reúnete con nosotros en Coca mañana por la noche. Trae tu equipo, y tu pistola. Estás encubierto, ¿recuerdas?"

Antes de subir al autobús ella misma, Jenn guardó el dardo de antes dentro de su billetera, una posible pista de las amenazas invisibles que acechaban en este viaje aparentemente idílico. El dardo era un testimonio silencioso de que alguien sabía exactamente por qué ella estaba aquí.

CAPÍTULO 13

RELEVO DEL OSO

Al amanecer, la cumbre de la montaña estaba envuelta en una fresca y húmeda niebla, un ejemplo perfecto del mañana suprema en lo alto de los Andes. El viento llevaba el fresco y terroso aroma de la tierra empapada por la lluvia. En medio de este entorno prístino, los corredores se reunieron, su aliento visible en el aire frío, calentándose con tazas de té de guayusa.

Patricio, el guía de la carrera, se puso delante del grupo, su rostro iluminado con entusiasmo, a pesar del viento. En sus manos, sostenía un oso de peluche blanco y negro, presentándolo con una cálida sonrisa. "Este es Sheryl Bear. Será nuestra mascota de la carrera," anunció. "El Camino Inca que estamos a punto de correr se utilizaba para enviar mensajes por todo el país por jóvenes llamados chaskis. También llevaban pequeños paquetes con sus mensajes. Sheryl Bear es nuestro paquete, y cada uno de ustedes tendrá la oportunidad de llevarla en este viaje. El corredor más rápido la llevará primero. Después de un cuarto de milla, esa persona dejará al oso en el sendero para que el siguiente corredor lo recoja. De esta manera, la mascota avanzará hacia atrás a través de la línea hasta que todos hayan tenido su turno de moverla hacia adelante. ¿Entienden?"

Los corredores, vestidos con equipo ligero y ojos ansiosos, asintieron en acuerdo, encantados con la idea. Sin discutir quién llevaría al oso primero, Patricio se acercó a Dave y se lo puso en las manos.

"¡Corredores Globales… Adelante!" La voz de Patricio cortó el aire fresco de la mañana.

Con eso, los corredores partieron, sus pasos rápidos y ligeros mientras descendían por el antiguo sendero, desapareciendo en el paisaje nebuloso. Los sonidos de sus pisadas pronto fueron tragados por la vastedad de las montañas.

Volviéndose hacia las dos mujeres que habían optado por no correr, Patricio comentó, "Señoritas, ¿no van a correr hoy?"

"No. El clima está muy frío y el terreno es muy áspero. Bajaremos en el vehículo contigo," respondió Rachel, su voz firme pero amigable.

"Bueno, súbanse. Es un viaje mucho más largo que correr. Ellos tienen el atajo a través de las montañas," dijo Patricio antes de guiarlas de vuelta al vehículo.

A medida que el autobús serpenteaba por los precarios caminos de la montaña, se convirtió en un viaje en sí mismo. Los estrechos y sinuosos caminos exigían una navegación cuidadosa, haciendo que el autobús se balanceara y golpeara. En un punto, el conductor se detuvo para dejar que las mujeres salieran al aire fresco y aliviaran sus estómagos mareados.

Cuando volvieron a subir al autobús, Jenn intentó entablar una conversación con ellas, reuniendo fragmentos de sus historias de vida sobre el sonido del motor. "¿De dónde son ustedes?" preguntó, aprovechando la oportunidad para aprender más sobre ellas.

"Minnesota," respondió la mujer a la que Jenn había oído a alguien llamar Colleen.

"Florida," dijo la otra.

Su conversación vagó por temas desde elecciones de carrera hasta anécdotas personales, revelando capas de sus personalidades y antecedentes. Rachel, la ex maestra, compartió sus razones para dejar su profesión, mientras que su nueva amiga de Minnesota discutió los desafíos y recompensas de dirigir una empresa de construcción.

Cuando el autobús finalmente llegó a su destino, encontraron a Dave esperando en la puerta del complejo, luciendo sorprendentemente fresco y descansado. "¿Qué les tomó tanto tiempo? He estado aquí por treinta minutos," bromeó, ayudando a descargar los suministros del autobús.

Con todos los demás distraídos, Jenn aprovechó la oportunidad para llevar a cabo su misión secreta. Subió al autobús sola, cerrando la puerta detrás de ella. Sistemáticamente, revisó todas las bolsas que habían quedado atrás, sus manos moviéndose con precisión practicada. Dentro de una bolsa etiquetada como "Karen," encontró un frasco de insulina —una pista potencialmente significativa, dependiendo de la causa de muerte de Ortega. La bolsa de Joe Adams reveló un periódico de Quito, cuyo titular gritaba sobre el asesinato de un ejecutivo petrolero, una historia con la que Jenn ya estaba muy familiarizada.

Su búsqueda concluyó sin descubrimientos dramáticos, pero su mente estaba llena de nuevas sospechas y conexiones. Los golpes en la puerta del autobús la devolvieron a la realidad. Alice estaba esperando afuera.

"Lo siento, necesitaba privacidad para cambiarme de ropa." Afortunadamente, Jenn no se había cruzado con Alice esa mañana.

"Oh, eso es exactamente lo que esperaba hacer. ¿Puedes vigilar la puerta por mí?"

"Claro. Nadie entra hasta que salgas." Jenn tomó su puesto en los escalones del autobús. Llamando por encima del hombro, preguntó, "¿Qué tipo de negocios estabas cerrando en Quito antes de que nos fuéramos?"

Alice miró hacia atrás, tan sorprendida por la pregunta que se quedó congelada por un momento. "¿Dije eso?"

"Sí, en la hacienda durante la hora feliz. Todos estábamos pasando un buen rato."

Alice hizo una pausa, tratando de recordar. Luego, ofreció, "Solo fue una cobranza de pago para mi cliente. Teníamos un cliente que nos debía por servicios anteriores. Era difícil de contactar por correo electrónico, pero resultó ser mucho más cooperativo en persona."

"¿Y luego te fuiste de vacaciones?" preguntó Jenn.

"Claro. En realidad, obtuve un bono por hacer el trabajo mientras estaba aquí. Salvé a la empresa de enviar a su propia persona."

"Negocios y placer combinados," dijo Jenn.

"Exactamente." Alice sonrió y se vio complacida con el recuerdo. "Exactamente," repitió.

Después de que Alice terminó de cambiarse, ambas mujeres salieron del autobús para permitir que otros accedieran a sus bolsas. Jenn pasó junto a Karen al salir y le dio a su sospechosa una mirada de reconocimiento. Estaba pensando, te veo, y esperaba que el mensaje se transmitiera a través de su expresión.

El teléfono de Jenn emitió un tono de chirrido urgente. Sabía quién era sin mirar. Alejándose para tener privacidad, respondió, "¿Qué pasa, jefe?"

"Moreno, nos uniremos a los federales en otra redada."

Uf, pensó, mientras su mente buscaba excusas para no estar allí.

Antes de que pudiera hablar, Castillo continuó. "Estamos atacando el complejo de Aspire Oil en las afueras de Coca."

"¿Qué? ¿Dónde?" Jenn no podía creer lo que estaba escuchando. ¿Realmente la necesitaba en Coca? El grupo Corredores Globales en realidad se estaba moviendo a un hospedaje ecológico justo río abajo del pueblo esa noche.

"¡Coca! ¿Sabes dónde está eso?"

"Claro. ¿Cuándo me necesitan allí?"

"Mañana. Al mediodía. Nos reuniremos en la estación de policía local. Luego tomaremos un bote hasta el complejo."

Cuando Jenn desconectó la llamada, todo el grupo se estaba reuniendo en la línea de meta para una celebración salvaje. Steve fue el último corredor del grupo hoy, y avanzó con confianza hacia la línea de meta, ondeando a Sheryl Bear sobre su cabeza. Él fue el chaski final entregando el paquete importante a su destino.

CAPÍTULO 14

UN BANQUETE DE UNIDAD

Con la carrera diaria terminada, era hora de pasar a una experiencia cultural importante del día. Patricio y su equipo irradiaban orgullo al presentar la actividad especial, que estaba impregnada de inmersión cultural y tradición. La mañana había comenzado con la estimulante infusión de té de guayusa a lo largo de los místicos tramos del Camino Inca. Ahora, a medida que la mañana daba paso a la tarde, estaban a punto de adentrarse en el corazón de la hospitalidad inca con una comida tradicional de pamba mesa en una pintoresca comunidad agrícola enclavada en las exuberantes y ondulantes colinas.

El viaje hasta allí estuvo lleno de anticipación. Ninguno de los estadounidenses, que eran diversos en sus antecedentes y rebosantes de curiosidad, había encontrado algo así antes. Se bajaron del autobús mientras este se detenía con un estremecimiento en un camino polvoriento bordeado por campos de maíz dorado y quinua esmeralda.

Patricio, su guía y puente hacia este mundo antiguo, reunió al grupo bajo la sombra de un árbol de ceibo extendido. "Hoy, somos invitados a una pamba mesa, una comida comunitaria que es el verdadero espíritu de compartir y comunidad aquí", explicó, su voz llena de reverencia. "Estas comidas son cruciales durante los festivales, hitos familiares o después de una minga."

Jarrod, con las cejas fruncidas de curiosidad, interrumpió, "¿Minga?"

"Oh, disculpa." Patricio soltó una ligera carcajada. "Las mingas son un proyecto de construcción comunitario. Todos se reúnen para contribuir con su trabajo en la construcción de una instalación pública como una escuela o un almacén de grano. O también podríamos usar una minga para reconstruir la casa de una familia después de un desastre."

Stella, conectándolo con un concepto familiar, agregó, "¿Como una construcción de granero Amish?"

Patricio, desconocedor de los Amish, asintió apreciativamente mientras Jenn, que había explorado el país Amish en Pensilvania, elaboraba, "Intención similar, pero las matices culturales y espirituales aquí son diferentes."

Mientras caminaban hacia el corazón del pueblo, Patricio continuó, "Típicamente, se extiende un tejido blanco en el suelo. Luego, los participantes traen la comida que pueden compartir, y cada persona agrega su plato al tejido. Una vez que la comida está lista, todos se sientan a lo largo del tejido y usan sus manos para comer, en lugar de utensilios y platos. Pero, para nuestro grupo, han traído platos."

El espacio comunitario era un vibrante cuadro. Grandes piedras planas servían como mesas, cargadas con una variedad de platos que pintaban un vívido cuadro de la agricultura local y las prácticas culinarias. Al menos dos docenas de familias habían contribuido, creando un mosaíco de colores y aromas que tentaban los sentidos.

Stella, abrumada por la exhibición, susurró a Patricio, "Esto es realmente impresionante. Me siento tan privilegiada."

Los aldeanos, vestidos con un tapiz de atuendos tradicionales, se mantenían en un semicírculo respetuoso. Las mujeres llevaban blusas bellamente bordadas sobre faldas oscuras. La distinción entre casadas y solteras se marcaba sutilmente por la presencia o ausencia de un sombrero fedora adornado con una pluma.

Un silencio cayó sobre el grupo cuando un líder comunitario comenzó a explicar el banquete dispuesto ante ellos. "Aquí tenemos mote, papas, quinua, oca, zanahorias y habas," dijo, señalando cada plato con una mano experta. Se movió con gracia a lo largo de la fila de platos, explicando cada uno con orgullo. "Para carnes, hemos preparado pollo y cerdo. A veces, incluimos cobaya, pero hoy, pensamos que no." Sus ojos brillaron con travesura al mencionar la tradicional cobaya asada. Al final de la mesa, el anfitrión señaló a la sandía, papaya y mango. Luego, anunció con orgullo, "Quimbolitos, para el postre." Notando que había usado una palabra desconocida, explicó, "Es un dulce al vapor horneado dentro de una hoja de plátano." Tomó uno y despegó la hoja para mostrar el pan dulce dentro.

Con el recorrido por los platos concluido, el líder realizó una solemne ofrenda. Llenó un plato, murmuró una oración en el idioma nativo quechua, y luego depositó la comida en un pequeño agujero previamente cavado en la tierra. Otro aldeano lo cubrió rápidamente con tierra.

"Este plato es una ofrenda a Pachamama", tradujo Patricio, notando las miradas curiosas. "Un gesto de gratitud por la abundancia proporcionada y compartida."

El grupo había escuchado muchas referencias a la Madre Tierra, Pachamama, en su corto tiempo en Ecuador y estaban familiarizados con su identidad inca como la principal figura de diosa del pueblo. Ella también era una deidad siempre presente e independiente con el poder creativo para sostener la vida en la Tierra. Sus santuarios eran rocas sagradas o los troncos de árboles legendarios.

La ofrenda ceremonial rompió la reserva inicial de los visitantes, quienes, guiados por Patricio, exploraron el festín con un respeto ansioso. Preguntas y conversaciones florecieron, uniendo culturas sobre platos compartidos.

Stella, señalando hacia la robusta estructura de la casa de reuniones cercana, preguntó, "¿Fue este edificio un proyecto de minga?"

"Sí", respondió el mismo anfitrión que había descrito la comida. "Fue una tarea significativa, apoyada por muchas pambas mesas. Es un símbolo de las bendiciones de Pachamama y la fortaleza de nuestra comunidad."

Su anfitrión luego extendió una taza de líquido amarillo oscuro. "Prueba esto."

"Um, ¿qué es? Soy alérgica a muchos alimentos," dijo Stella.

Dando un paso adelante, Dave tomó la taza, explicando, "No soy alérgico a nada. Pero, sí, ¿qué es?"

"Esto es chicha de jora. Una bebida suave," dijo el anfitrión.

Patricio explicó, "La chicha de jora es una cerveza de maíz creada germinando maíz, luego extrayendo los azúcares de la malta e hirviendo el mosto. Luego, fermenta en esos grandes recipientes de barro allí." Señaló a los grandes recipientes de arcilla que se encontraban bajo un techo de paja. "El proceso es como la elaboración de la cerveza europea. Aquí, creo que le agregan un poco de quinua para darle cuerpo, antes de hervirla con chancaca, o azúcar de caña."

Lamiéndose los labios después de un saludable sorbo, Dave proclamó, "Definitivamente maíz. Dulce. Sabor ligero de alcohol, pero no como una cerveza tradicional estadounidense."

Después de su evaluación, varios otros estuvieron ansiosos por probar un vaso de la mezcla.

Mientras comían, los estadounidenses se animaron a hacer preguntas sobre la comunidad, la cultura y las tradiciones. Encontraron que las jóvenes eran las más ansiosas por hablar con los extraños, compartiendo sus secretos y pidiendo detalles similares a sus invitados.

Eva comentó a una joven, "Noté que el cabello de todos está trenzado hacia atrás. Es hermoso. ¿Es el estilo o un signo de estar soltera?"

"Es un signo de respeto por las tradiciones de nuestro pueblo. Dice que somos uno con nuestros antepasados y recordamos quiénes son. También es una ley en las comunidades tradicionales incas que todas las mujeres lleven esta trenza."

Fuera del grupo principal, Jenn observaba todo con aprobación. Había asistido a comidas similares con su familia extendida y conocía el significado de compartir comida de esta manera. Estaba complacida con el respeto y el sentido de privilegio que los estadounidenses mostraban hacia la comunidad y la comida. Por unas horas al menos, dejó de buscar sospechosos de asesinato en la multitud. Hoy se trataba de conexión, de la experiencia humana compartida nutrida bajo la mirada vigilante de Pachamama, cuya presencia era tan palpable como la tierra bajo sus pies.

CAPÍTULO 15

ACEITE Y AGUA

Zuri captó la atención incondicional de su audiencia. Con un tono carismático, anunció: "Espero que todos hayan disfrutado de las vistas de las tierras altas andinas. Ahora, prepárense para embarcarse en el siguiente capítulo de nuestra expedición: la mística selva amazónica."

Una ola de aclamaciones entusiásticas resonó entre los corredores; su emoción era palpable en el aire fresco.

"La transición será drástica," continuó Zuri, su voz reflejando la seriedad del viaje que les esperaba.

"Descenderemos de las alturas de 10.000 pies a solo 1.000 pies sobre el nivel del mar. Prepárense para cambiar los vientos fríos por una capa de humedad y calor cada mañana."

"Al menos será más fácil respirar," bromeó Stella, tratando de encontrar el lado positivo.

"Cierto, pero será un cincuenta porciento de agua lo que estarás respirando," respondió Zuri con una sonrisa irónica.

Los Corredores Globales tenían la rutina de movimiento perfeccionada. El equipaje estaba compactamente guardado, y cada corredor tenía sus elementos esenciales en una mochila de día. El horario del día estaba perfectamente claro para todos.

Su vuelo aterrizó en el pintoresco aeropuerto de Coca, que contaba con solo dos puertas. Cada "puerta" no era más que una entrada desde la pista hacia un pequeño edificio terminal sofocante sin aire acondicionado. Al bajar del avión, el grupo sintió instantáneamente el abrazo tropical del Amazonas. La temperatura y los niveles de humedad rondaban los noventa grados. La ropa en capas de las tierras altas fue rápidamente reemplazada por vestimentas más adecuadas y ligeras.

En medio del bullicio, Jenn localizó a Patricio. "He arreglado para encontrarme con el nuevo fotógrafo aquí. Su vuelo se ha retrasado una hora. Creo que me quedaré y llegaré al hospedaje ecológico más tarde esta noche. ¿Está bien?"

"Claro, nos las arreglaremos sin ti por un rato. ¿Tienes las direcciones del hospedaje?" preguntó Patricio, enmascarando su preocupación por ella con un tono casual.

"Todo listo. Ya he reservado un bote para el viaje," confirmó Jenn, utilizando el mismo tono confiado que usaba regularmente en su verdadero papel como agente de las fuerzas policiales.

"De acuerdo, entonces. Nos vemos en la cena para la reunión de planificación," concluyó Patricio y asintió en señal de acuerdo.

"Ambos estaremos allí," le aseguró Jenn mientras se separaban.

El grupo de corredores luego se dirigió a los muelles, donde los botes esperaban para transportarlos al corazón del Amazonas. El viaje de dos horas prometía una transformación de las comodidades familiares de la civilización a la naturaleza salvaje de una de las selvas tropicales más preservadas del planeta.

Una vez que se fueron, Jenn tomó un taxi para un viaje igualmente emocionante a la estación local de la policía, donde se reuniría con la fuerza de trabajo federal.

Con su placa claramente visible, no fue interrumpida mientras atravesaba las puertas de la estación y se dirigía a las salas de reuniones traseras. Las estaciones de policía, como la mayoría de las oficinas de negocios, estaban dispuestas de la misma manera. Si conocías una, conocías el resto.

"¡Moreno, por aquí!" llamó el Capitán Adriane Castillo cuando ella entró.

"¿Ya están aquí los federales?" preguntó Jenn, mientras escaneaba la sala.

"Están afuera, preparando el equipo. Y han traído un perro," le informó Castillo, su tono mezclado con una mezcla de diversión y desdén.

"¿Cuál es su especialidad? ¿Drogas, cadáveres, explosivos o solo para protección?" preguntó Jenn mientras sus ojos se entrecerraban ligeramente.

"Explosivos. Parece que no están tomando ninguna oportunidad," respondió antes de entregarle un chaleco antibalas marcado "Coca Policía," una clara señal de su estado prestado.

"¡Oye, policía! ¡Vamos!" Jenn vio que era el mismo comandante de su misión anterior en la hacienda. Mientras atravesaban las puertas traseras de la estación, reconoció a varios del equipo de la misión en la hacienda. Eso era tanto reconfortante como alarmante. Sabía que eran muy capaces tácticamente. Pero también sabía que no dudarían en ponerla en la línea del frente y luego comenzar a disparar.

Jenn y Castillo siguieron al resto del equipo hasta los muelles, donde los botes policiales estaban atracados, listos para llevarlos río abajo.

Mientras el bote cortaba las aguas de un tributario que alimentaba el vasto Amazonas, la densa selva a ambos lados parecía observarlos en silencio. Los monos ocasionalmente miraban desde las copas de los árboles, y aves coloridas como loros y tucanes se elevaban al cielo. Jenn apreciaba la calma engañosa del río, sabiendo muy bien los peligros que acechaban bajo su superficie serena.

"Entonces, ¿solo estamos buscando los explosivos? ¿Emparejando las marcas y números de lote con lo que encontraron en el aeropuerto?" preguntó Jenn.

"Esa es la historia que abrió las puertas," respondió Castillo. "Pero, ¿crees que necesitamos toda esta fuerza para leer unas cuantas etiquetas?"

Jenn sonrió. Típico estilo federal: exagerado. "Por supuesto, en realidad estamos aquí para encontrar cualquier cosa remotamente sospechosa y hacer un gran escándalo al respecto. Sacudirlos. Hacer que se equivoquen."

Castillo asintió. "Ese es el plan."

"¿Y por qué exactamente estamos tú y yo invitados a esta fiesta? Es muy fuera de nuestra jurisdicción." Jenn no se quejaba. Se había sentido atraída por el servicio policial precisamente por este tipo de acción.

"Probablemente necesitan algunos desechables para llevar los explosivos," dijo Castillo sarcásticamente.

"Mejor que atender llamadas menores en la ciudad."

"Mmmhmm," coincidió Castillo. Cayeron en silencio mientras el bote avanzaba río abajo. Jenn se dejó llevar por el constante zumbido, y los largos días que había tenido finalmente parecían alcanzarla. Lentamente, sus ojos se cerraron.

"¡Moreno!" La voz de Castillo la despertó de golpe.

Giró bruscamente, siguiendo su mirada hacia la orilla, donde un olor fétido a aceite y metano se esparcía sobre el agua. Allí, un muelle con varias enormes barcazas marcadas "Aspire" se hacía visible, cada una cargada con equipo industrial.

Al desembarcar, el muelle manchado de aceite hacía cada paso precario. Esperándolos estaba un hombre corpulento vestido con una vestimenta demasiada fina para un entorno tan rudo.

"¡Bienvenidos, amigos! Soy Don Julio, el superintendente. Hemos dispuesto todo lo que necesitan para su inspección," anunció, señalando una flota de Land Rovers salpicados de barro. Estos autos eran los caballos de batalla fiables de sitios remotos en todo el mundo.

El comandante no perdió tiempo. "Agradecemos su hospitalidad, señor. Necesitamos acceso a sus registros, almacén y especialmente a las bóvedas de almacenamiento de explosivos."

Con una inclinación de cabeza, Don Julio los condujo lejos del río y hacia los vehículos esperando. "También tenemos refrescos esperándolos después de su largo viaje." Estaba desempeñando el papel de anfitrión consumado para una visita amistosa, y aunque Jenn tenía dificultades para confiar en él, era bueno en su papel.

Mientras navegaban a través del laberinto de estructuras metálicas y maquinaria pesada, los sentidos de Jenn estaban agudizados. Era muy consciente de los muchos ojos que seguían cada uno de sus movimientos, una mezcla de curiosidad y precaución pintada en los rostros de los trabajadores.

Como prometió, Don Julio había dispuesto una variedad de café, agua y sándwiches. Aunque los agentes no habían llegado para una visita social, recogieron con entusiasmo varios de los alimentos y bebidas. Jenn se sorprendió por el extraño contraste de agentes armados y blindados participando en una fiesta de té en la selva, aunque también se sirvió varios artículos. El comandante les permitió varios minutos para disfrutar de su banquete, pero estaba ansioso por comenzar la misión para la cual habían sido enviados. Finalmente, puso fin a la pausa social y ordenó a Don Julio iniciar la inspección.

El amplio almacén fue su primera parada. Cuando las enormes puertas se deslizaron para abrirse, la fresca sombra en el interior ofreció un breve respiro del calor opresivo. Estantería tras estantería de equipos y barriles alineaban el espacio, organizados con precisión militar. Don Julio, con un toque de orgullo, explicó, "Mantenemos un sistema de inventario estricto. Todo está contabilizado, hasta el último tornillo."

El experto en explosivos de los federales preguntó, "¿Podríamos ver dónde se almacenan los explosivos?" Su tono era cortés, pero firme.

"Por supuesto, pero ¿puedo preguntar por qué tanto interés en esa parte de nuestra operación?" La voz de Don Julio llevaba un tinte de cautela.

"Solo asegurándonos de que todo está en conformidad, especialmente los materiales que presentan un alto riesgo," respondió suavemente el federal, pero sus ojos escanearon el rostro de Don Julio en busca de una reacción.

Don Julio asintió, entendiendo lo que estaba en juego. Los condujo a un edificio separado y fuertemente fortificado. En el interior, las cajas de explosivos estaban ordenadamente dispuestas, cada una con etiquetas detalladas e instrucciones de manejo.

Mientras el especialista en explosivos comenzaba a inspeccionar los materiales, Jenn llevó a Castillo aparte.

"Algo no se siente bien. Es demasiado limpio, demasiado ordenado."

Castillo asintió en acuerdo. "Yo también lo noté. Claramente, sabían que íbamos a venir."

"Mantengamos los ojos abiertos y veamos qué encontramos en los bordes," sugirió Jenn, sus instintos diciéndole que había más en esta configuración de lo que parecía.

Jenn y el equipo continuaron su inspección en la sala de registros, donde se registraban las transacciones y los envíos. Sus ojos rápidamente captaron discrepancias en la documentación. Las fechas no coincidían, y las cantidades fluctuaban de un documento a otro. El desorden era un contraste agudo con las áreas de almacenamiento ordenadas que habían visto antes.

"Mira esto," señaló a Castillo, que revisaba otro archivo. "Este envío de explosivos fue registrado dos veces, con dos semanas de diferencia. Es el mismo número de lote."

Castillo miró el documento, frunciendo el ceño. "Están lavando suministros, probablemente desviando una parte para el mercado negro."

Justo en ese momento, un grito desde afuera llamó su atención. Salieron apresuradamente para ver al especialista en explosivos de pie con un perro rastreador, que ladraba incesantemente cerca de una pila aparentemente inocua de cajas.

"Han escondido algo aquí," llamó el especialista y les hizo señas para que se acercaran.

Al mover cuidadosamente las cajas, se reveló una trampilla oculta. Al abrirla, descubrieron no solo explosivos adicionales, sino también armas ilegales y armas más potentes.

La mirada de Jenn se encontró con la de Castillo, una mezcla de triunfo y preocupación en ambos ojos. "Ahora los tenemos," dijo. Su voz permaneció firme, a pesar de la adrenalina que corría por su cuerpo.

CAPÍTULO 16

SECRETOS DESCUBIERTOS

El aire estaba tenso en el claro donde Don Julio ahora se encontraba, rodeado por agentes federales. Sus botas rodeaban la entrada del búnker oculto.

"Don Julio, ¿cómo explica todas estas armas?" La voz del comandante federal era severa, su mano señalando hacia el escondite de armas.

"Meramente defensivas. Animales salvajes. Ataques de empresas rivales. Sabes que estamos solos aquí. Tenemos que protegernos," respondió Don Julio con voz firme, a pesar de las miradas acusatorias fijas en él.

"Veo rifles automáticos, morteros, minas claymores y granadas. ¿Es eso un lanzacohetes lo que veo al fondo? Parece que te estás preparando para ir a la guerra. ¿O tal vez esperas que la guerra venga a ti?"

"No, señor. Solo estamos aquí para perforar el petróleo… legalmente." Don Julio enfatizó la última palabra, un recordatorio del acuerdo contractual de Aspire Oil con el gobierno ecuatoriano.

El escepticismo del comandante era palpable. "Pero si el gobierno cambiara de opinión, podrías mantener tu reclamo aquí con este arsenal de armas."

"Nunca haríamos eso. Además, estos hombres son trabajadores, no soldados. No pueden luchar contra un ejército entrenado." El gesto de la mano de Don Julio abarcó el recinto cercano, un conjunto de edificios improvisados bajo el sol ecuatorial abrasador.

"Ya veremos. Por ahora, confiscaremos estas armas." El comandante se volvió hacia su equipo. "Aseguren este sitio correctamente y coloquen una guardia. Nadie toca estas armas excepto nosotros."

"¡Sí, señor!"

Mientras el comandante y Don Julio se dirigían hacia la oficina, el aire denso de tensión, Jenn y Castillo fueron momentáneamente olvidados.

"Bueno, parece que los federales tenían razón sobre Aspire y su conexión con el paquete del aeropuerto.

Están tan emocionados de tener una amenaza nacional como esta que creo que se olvidarán del asesinato de Ortega," observó Jenn, pero se aseguró de mantener su voz baja.

Castillo se rió. "¡Definitivamente! No podrían darte su nombre ahora mismo si se lo pidieras."

Jenn asintió, su determinación de encontrar al asesino solo se fortaleció más. "Lo que significa que resolver el asesinato ahora depende de nosotros, y estoy segura de que el grupo de corredores está involucrado de alguna manera. Quiero seguir trabajando en ellos."

"Te dí una semana. Puedes volver a ellos cuando estemos de vuelta en Quito," acordó Castillo.

"Bueno, resulta que sé que se han mudado de Quito. Están en un hospedaje ecológico justo al otro lado del río." Jenn señaló hacia las turbias aguas del afluente del Amazonas. "Tengo un bote que me llevará allí hoy. ¿Está bien contigo?"

Castillo se sorprendió visiblemente. "Sabías que iban a ir allí todo el tiempo. Lo planeaste desde el principio."

"Esperaba que funcionara," confirmó Jenn.

"Está bien, toma el bote y únete a ese grupo loco, pero quiero informes regulares. Y honestos de ahora en adelante."

Mientras hablaban, Jenn recibió una notificación de que su bote había llegado. "Tengo que irme. Mi bote está aquí." Le entregó a Castillo el chaleco antibalas prestado y se dirigió apresuradamente hacia los muelles.

El bote estaba en marcha junto a las barcazas, su motor zumbando suavemente. "¡Carlos, llegaste justo a tiempo! Acabamos de descubrir un enorme escándalo aquí. Te contaré todo en el camino," saludó Jenn a su compañero de trabajo.

Carlos, todo sonrisas, estaba momentáneamente distraído por el agua golpeando contra la barcaza gigante, su cámara haciendo clic en las olas. "Un segundo. Déjame capturar esta imagen."

Su conversación fluyó mientras navegaban por el peligroso río, esquivando bancos de arena, rocas y restos esqueléticos de barcos antiguos. Al caer la noche sobre la jungla, una columna de fuego naranja ardía desde el sitio de perforación, una práctica común en los sitios petroleros de quemar el metano. Era un contraste marcado contra el dosel oscuro de la selva tropical.

Al llegar al hospedaje ecológico oculto justo al lado de un pequeño afluente, chocaron contra el muelle en casi completa oscuridad. Juntos, la pareja navegó por el sendero hasta el edificio principal.

"Patricio, este es Carlos. Es un fotógrafo muy talentoso," presentó Jenn a los dos hombres.

Patricio llamó a Allen, su actual fotógrafo argentino, y pronto, los tres estaban absortos en las fotos de Carlos en su ordenadora portátil , inconscientes a las voces circundantes.

Jenn deambuló hacia el área común del hospedaje, una fusión de comedor, bar y espacio comunitario. Su ánimo era ligero; había tenido suficiente de investigaciones oficiales por un día.

"Zuri, ¿cuál es el plan para la noche?" Jenn preguntó a su compañera de cuarto.

Señalando hacia el bar, Zuri respondió, "Oh, karaoke allá, y un local está enseñando juegos de cartas a ese grupo. Están aprendiendo cuarenta, el burro y tute."

Reconociendo los juegos como exclusivamente ecuatorianos, Jenn sonrió. "¿Juegas?"

"Aún no, pero puedo aprender."

"¡Sí! Tienes que aprender cuarenta si estás en Ecuador. Es prácticamente un deporte nacional aquí, solo superado por el fútbol. Te enseñaré."

Se sentaron en una mesa, y Jenn comenzó a sacar varias cartas de una baraja desgastada. Mientras barajaba, explicó las reglas de cuarenta, un juego que había jugado desde la infancia. El sonido de las risas del karaoke y el tintineo de los vasos crearon un fondo animado mientras se sumergían en el juego.

"Cuarenta es español para el número cuarenta. Se refiere a la cantidad de puntos que necesitas para ganar una chica. Umm, eso significa como un ´set´. Cuarenta es también el número de cartas que se usan para jugar." Miró para ver si Zuri estaba siguiendo. "Dos chicas ganan el juego. O puedes ganar si tu primera chica es una zapatería. Umm, eso significa anotar menos de diez puntos. Explicaré cómo contamos los puntos mientras jugamos. Cuando ganas el juego, eso es una mesa. Significa una partida, como en el tenis."

Zuri sonaba insegura cuando dijo, "Está bien, creo que sí. ¿Qué hago ahora?"

"Tú y yo somos un juego de dos jugadores. Pero ellos están jugando un juego de cuatro personas." Señaló al grupo en la mesa de al lado. "Son dos equipos de dos personas enfrentándose, como el bridge." Luego, levantando un puñado de fichas, dijo, "Estos son los tantos y perros que usamos para llevar el puntaje."

"¿Perros, como 'dogs'?"

"Sí, exactamente. Tanto es un punto, perros son diez puntos." Jenn continuó enseñando a su nueva alumna los conceptos básicos del juego ecuatoriano único, incluyendo algunas tácticas para vencer a otros jugadores. La noche pasó rápidamente con competiciones entre los jugadores y serenatas desde la esquina del karaoke.

Zuri, aprendiendo rápidamente las reglas, pronto se involucró completamente con la estrategia del juego. Mientras tanto, la mente de Jenn solo estaba a medias presente; estaba pensando en las conexiones entre el grupo de corredores, el complejo petrolero de Don Julio y el asesinato de Ortega. La simplicidad del juego de cartas era una distracción bienvenida de la complejidad de la investigación.

Mientras jugaban, el teléfono de Jenn vibró. Miró y vio un mensaje de Castillo, pidiendo una actualización sobre su paradero y hallazgos. Escribió una respuesta rápida, asegurándole su seguridad y prometiendo un informe más detallado en la mañana.

Después de algunas rondas de cuarenta, Zuri se recostó, riéndose. Acababa de ganar su primera mesa.

Jenn sonrió, complacida de ver a su amiga disfrutando. "Es más que solo un juego aquí. Es una forma de conectar con la gente. Hablando de eso, ¿qué hacemos mañana?"

Zuri pensó por un momento, como si estuviera considerando sus palabras cuidadosamente, antes de responder, "Es una carrera especial. Algo diferente que solo puedes hacer en la selva tropical."

El interés de Jenn se despertó. "¿Una carrera especial? Quiero hacerlo."

Con una estrategia formándose para el día siguiente, Jenn decidió poner fin a la noche. Necesitaba descansar para lo que sea que implicara la carrera especial.

Mientras se acostaba en su cama, con los sonidos de la noche en la selva actuando como una canción de cuna, Jenn no podía sacudirse la sensación de que le faltaba una pieza crucial del rompecabezas. Sus pensamientos se desplazaban entre los rostros del grupo de corredores, el escondite de armas y la compañía petrolera. El vínculo entre ellos era elusivo, pero Jenn sabía que existía.

CAPÍTULO 17

TESORO DEL OSO

"Carrera especial esta mañana. Vas a probar por primera vez la selva amazónica. Es un laberinto de vegetación densa, perpetuamente húmeda y traicioneramente fangosa. Hemos tallado un sendero estrecho para que lo sigas," anunció Patricio justo cuando una lluvia suave comenzó a caer, puntuando sus palabras. Él miró hacia arriba a través del denso dosel, una sonrisa se extendía por su rostro. "Perfectamente a tiempo. No sería una verdadera aventura en el Amazonas sin la lluvia. Ahora, presten atención. A lo largo de este camino, encontrarán a Sheryl Bear sentada junto a una curiosa colección de algo. No les diré qué es todavía. Su tarea es tomar uno y llevarlo hasta la meta. Si no lo hacen, no serán contados como finalistas oficiales hoy. ¿Todo claro?"

Stella intervino con una sonrisa. "Sí. Robar el tesoro de Sheryl. Traerlo de vuelta. Entendido."

"¡Corredores Globales... Adelante!"

Cuando el grito de Patricio resonó en el aire húmedo, los corredores se lanzaron hacia adelante. Los rápidos y ágiles estaban en la vanguardia, cortando la niebla como gacelas, mientras que los participantes más lentos avanzaban con cuidado deliberado, inspeccionando cada árbol y piedra a lo largo de su camino.

El sendero a través de la selva era un marcado contraste con los caminos más secos y firmes de las tierras altas. Incluso los veloces tuvieron dificultades, sus pies resbalando debajo de ellos, enviándolos a caer en el abrazo fangoso del Amazonas. Hoy no era un día para récords personales.

Jadeando de asombro y frustración, Joe comentó, "Se ve increíble, pero es tan traicionero como el infierno. Tú toma la delantera."

"Con gusto," respondió Rogerio con confianza en su voz. "Nos entrenamos en bosques similares en Florida, menos los monos." Señaló hacia un par de primates anidados en las ramas sobre ellos, y los animales observaban a los corredores con ojos curiosos. Rogerio y Joe se detuvieron brevemente, capturando el momento con sus cámaras de teléfono—los monos acurrucados juntos contra la humedad. Reanudaron su carrera, su ritmo era cauteloso pero rápido.

Entrando en un bosque plantado deliberadamente que parecía un huerto, los ojos de Rogerio captaron la vista del oso de peluche blanco y negro junto a un misterioso montón de objetos oscuros y de textura rugosa. "Espero que eso no sea caca de animal," bromeó en voz alta para cualquiera que estuviera cerca.

A medida que se acercaba, los objetos se resolvieron en grandes nueces del tamaño de un melocotón con un exterior áspero que les recordaba a los cocos. Tomando una, Rogerio la examinó brevemente antes de avanzar corriendo de nuevo hacia la densa selva.

El barro pronto lo reclamó; un paso en falso lo envió sumergiéndose hasta la cadera en un pantano turbio. El impulso llevó su parte superior del cuerpo hacia adelante, y se estrelló de cara contra el lodo, la extraña nuez volando de su mano.

"¡Mierda!" exclamó, extrayéndose a sí mismo y comenzando una búsqueda desesperada en la maleza por su tesoro perdido.

Momentos después, Joe dobló la esquina, evitando por poco un destino similar, pero finalmente reteniendo su propia nuez. Al ver a Rogerio hasta las rodillas en la maleza, no pudo evitar reírse. "¿Qué estás haciendo ahí?"

"Perdí mi nuez," refunfuñó Rogerio, su voz amortiguada por el follaje.

La risa de Joe llenó el aire mientras continuaba por el sendero.

Mientras tanto, Jenn y Tatyana estaban encontrando su ritmo en el terreno desconocido. "Aún no me he caído. ¿Y tú?" preguntó Jenn mientras el barro salpicaba sus piernas.

"Solo un resbalón, pero me mantuve recta," respondió Tatyana, mostrando sus manos cubiertas de barro.

Siguieron las presentaciones, con Jenn revelando su afiliación con la compañía de guías de Quito y Tatyana compartiendo su experiencia como representante farmacéutica de los paisajes áridos de Arizona.

"¿Qué tipo de medicamentos vendes?" preguntó Jenn.

"De todo tipo. Desde dolores de cabeza, hasta hemorroides, ataques cardíacos."

Su conversación divagó de anécdotas personales a intereses profesionales, interrumpida solo cuando llegaron al oso y su montón de nueces misteriosas. "¿Qué tienes para nosotros, Sheryl?" preguntó Tatyana juguetonamente.

"Eso es genial. Es una nuez de cacao," identificó Jenn, reconociendo las semillas usadas para hacer chocolate.

"Entonces, ¿solo la llevamos hasta el final para probar que completamos la carrera?" preguntó Tatyana.

Jenn asintió, ya especulando sobre las actividades de la noche. Su ritmo se ralentizó mientras navegaban por otra sección pantanosa, esta vez con más cautela, evitando las caídas dramáticas de sus predecesores.

Jenn preguntó, "¿Sabías que hay un veterinario en el grupo?"

"Claro, esa es Karen," confirmó Tatyana. "Hablamos de todos los medicamentos nuevos juntas."

"¿Entonces, también vendes medicamentos para animales?"

"Yo no, pero mi compañía sí. Karen quiere saber cuándo puede obtener algunos de los más nuevos." Corrieron un poco más. Sin realmente pensarlo, Tatyana retomó la conversación. "Creo que trajo media farmacia con ella en el viaje. Probablemente podría dosificar a cada perro en el Amazonas a este ritmo."

Jenn inclinó su cabeza hacia un lado ante el tono de Tatyana. "¿Eso es inusual para un veterinario?"

Asintiendo, Tatyana respondió, "Creo que sí. Ciertamente no traje muestras de medicamentos conmigo de vacaciones."

Luego, como si se sintiera incómoda con el tema actual, Tatyana cambió de tema. "¿Viste la columna de fuego al otro lado del río anoche?"

Jenn no pudo confesar que realmente había estado en el sitio de la compañía petrolera. "Sí, la noté cuando llegamos. Ahí es donde están las perforaciones de petróleo, ¿verdad?"

Tatyana asintió. "Aspire Oil está ahí destruyendo tu ambiente. Van a contaminar este río, como lo han hecho con otros alrededor del mundo. Es asqueroso. No puedo creer que el gobierno ecuatoriano haya aceptado dejarlos entrar."

"Es mucho dinero para la economía y para la gente." Jenn sabía que el país estaba dividido en el tema de la perforación petrolera, pero aquellos con dinero y una voz estaban a favor, así que estaba ocurriendo.

Los ojos de Tatyana se entrecerraron. "Recuerda mis palabras, en unos años, lamentarás el trato que hiciste con el diablo."

Las dos continuaron charlando mientras navegaban por la selva.

En la parte trasera del grupo, Rachel y Colleen caminaban con sus teléfonos fuera, tomando fotos de cada característica interesante que veían. Había un descubrimiento constante.

"Mira, setas rojas con cabezas como una taza de té al revés."

"Aquí hay una carretera de hormigas cortadoras llevando hojas."

"Esa es una flor hermosa."

"Seta amarilla."

"Mono."

"Loro."

La pareja estaba viendo más flora y fauna que cualquiera de los corredores más rápidos.

En el medio del recorrido, la pareja alcanzó a un grupo más rápido que estaba atascado por la sección del sendero frente a ellos.

"¿Cuál es el problema?" preguntó Rachel.

Toni señaló cuesta abajo y dijo, "El camino está destruido." El sendero de tierra que una vez había sido una pendiente empinada para los corredores al frente del grupo había sido transformado por esos pies y la lluvia en una superficie lisa e intransitable sin buen agarre.

Rachel contempló sus opciones. "Me parece un tobogán." Se sentó en el barro y se deslizó hacia adelante. La gravedad hizo el resto, tirándola por la rampa resbaladiza, girando y torciendo su cuerpo mientras descendía. Los otros observaron hasta que ella llegó al fondo. Sin daño, se levantó y proclamó, "¡Está bien! ¡Bajen!"

Uno por uno, el grupo reunido se sentó, se deslizó y giró hasta el fondo de la colina. El tobogán de barro se volvió más compacto y rápido a medida que cada persona pasaba hasta que se convirtió en una atracción emocionante para aquellos en la parte trasera del grupo.

Cuanto más rápido alguien se deslizaba, más fuerte y ruidosa era la risa mientras todos abrazaban la aventura que habían descubierto.

En la línea de meta, mientras los corredores se reunían, llenos de barro y emocionados, Zuri hizo un conteo. "Parece que todos llegaron. ¿Quién mantuvo su nuez?" preguntó, escaneando las caras manchadas de barro, pero sonrientes ante ella.

Las manos se levantaron, algunas sosteniendo las nueces únicas que habían preservado a través de resbalones, deslizamientos y caídas. En medio de risas y relatos compartidos de casi accidentes, la camaradería del grupo se profundizó, unida por el desafío que habían compartido.

"¿Saben qué es?" preguntó Zuri.

Varias personas respondieron simultáneamente, "Cacao."

Algunos añadieron, "Es de lo que se hace el chocolate."

"Eso es correcto. Y la actividad de esta noche es que cada uno de ustedes va a hacer su propia pequeña barra de chocolate. Así que, no la pierdan."

Stella se rió y anunció, "Excepto Rogerio. Él tiene que hacer chocolate blanco. Lo vi lanzar su nuez a los monos después de que terminamos la carrera."

Rogerio se adentró en la maleza para buscar su nuez perdida de nuevo.

CAPÍTULO 18

PISTAS DE CHOCOLATE

La mañana había desafiado a los corredores con un sendero incesante y fangoso que se enroscaba a través de la densa maleza de la selva tropical, dejándolos salpicados y exhaustos. Después de una limpieza exhaustiva de su equipo y de ellos mismos, se congregaron en el área de comedor de la cabaña, un espacio amplio con vigas de madera rústicas y grandes ventanas abiertas que ofrecían vistas del exuberante verdor exterior. El aire estaba cargado con el aroma de follaje húmedo y la promesa del almuerzo.

"Si han terminado su comida, pueden unirse a mí para hacer su postre." El cocinero, un hombre robusto con una sonrisa radiante y manos que claramente habían visto décadas de trabajo en la cocina, se paró al frente sosteniendo una nuez oscura con un floreo. "¿Todos trajeron sus nueces de cacao?" preguntó, con los ojos brillando mientras observaba al grupo.

Las manos se levantaron una por una, cada corredor mostrando su nuez, arrancada fresca del bosque. La risa del cocinero llenó la habitación mientras hacía su anuncio. "El primer paso para hacer chocolate es fermentar esas nueces durante una semana."

La decepción rápidamente invadió los rostros del grupo.

"Pueden colocar todas sus nueces en ese bol vacío sobre la mesa. Las usaremos en unas semanas. A cambio, tengo estas nueces, que ya han sido fermentadas y secadas. Por favor, tomen una cada uno," instruyó, señalando un gran bol de madera lleno de nueces oscuras y fermentadas.

Rogerio, un hombre alto y delgado con una eterna expresión escéptica, levantó una ceja. "Entonces, ¿podría haber dejado mi nuez en el bosque?" Su comentario provocó una ola de risas en el grupo.

Ignorando la interrupción, el cocinero continuó, "El segundo paso es tostar la nuez durante treinta minutos y dejarla enfriar por lo menos seis horas. Tostamos todas estas nueces anoche. Así que están listas para el tercer paso. Deben romperlas y aventarlas, separando la cáscara del interior—esos se llaman nibs." Señaló una colección de martillos, picos y tablas de cortar de piedra dispuestas en la mesa. "Todos ustedes son atletas. Pónganse a trabajar en su nuez. Y tengan mucho cuidado de no dejar cáscaras en sus nibs. Arruinará el chocolate y les romperá los dientes."

El equipo se puso a trabajar, y el aire se llenó con los sonidos de cáscaras rompiéndose y risas mientras aprendían el delicado arte de aventar. Después de unos treinta minutos, cuando la mayoría estaba terminando, el cocinero reanudó sus instrucciones.

"Ahora, sus nibs irán en este molinillo calentado," dijo, encendiendo una gran máquina ruidosa. Los corredores se alinearon para agregar sus nibs de chocolate al molinillo que giraba lentamente.

Asintiendo con aprobación, el cocinero continuó. "Los dejamos en el molinillo hasta que se conviertan en una pasta que llamamos licor de chocolate. Este proceso tomará al menos veinticuatro horas. Al principio, será muy arenoso, pero eventualmente se convertirá en un líquido suave."

Stella, una mujer animada con cabello largo y una sonrisa rápida, gruñó en frustración fingida. "¡Oh, no otra vez!" Extendió la mano para recibir el licor de chocolate ya preparado del cocinero.

"Aprendes rápido, señorita." El cocinero se rió, vertiendo una pequeña gota en la mano de cada persona. "Ahora, deben agregar azúcar y emulsionantes, moliendo por otras veinticuatro horas. Se llama conchado. Prueben. Solo un poco."

Las reacciones iniciales del grupo fueron de disgusto al probar la mezcla dulce y amarga, limpiándose las lenguas en los brazos y escupiendo los restos.

"Casi terminamos. El último paso es temperar, para que se vuelva suave y la manteca de cacao no se cristalice. Luego, viértanlo en moldes y enfríen hasta que esté duro."

Stella miró sospechosamente una estación cubierta con un tejido. "Apuesto que tienes algo del chocolate de ayer esperándonos debajo de ese tejido."

Con una sonrisa orgullosa, el cocinero quitó el tejido. "Por supuesto. Por favor, prueben algo del delicioso chocolate que han hecho."

"¡Oh, esto es genial!" exclamó Rachel; su placer fue eco de elogios similares del resto del grupo.

"Y así, amigos, es como se hace chocolate ecuatoriano de primera calidad. Por favor, disfruten tanto como quieran," anunció el cocinero, con los ojos arrugados de satisfacción.

Después de disfrutar de varios trozos de rico chocolate casero, el grupo se dispersó. Algunos estaban ansiosos por explorar más la selva, mientras que otros sintieron el llamado de una merecida siesta.

Mientras tanto, Jenn hizo una señal a Carlos para que la siguiera a su cabaña para una llamada privada.

"Hola, jefe. Carlos y yo estamos trabajando con los corredores. Hoy conocí a un representante farmacéutico rusa que dijo que el veterinario en este viaje tiene muchos medicamentos con ella. Pensó que era inusual. También me recordó que este asesinato podría haber sido motivado por la preservación ecológica. Tal vez alguien no quiere que la compañía petrolera esté aquí arruinando la selva tropical."

"Bueno, eso es genial. Más sospechosos es justo lo que necesitamos. Vas a tener que reducir tu lista, o arrestarás a toda la tripulación para cuando regreses a Quito."

"Lo haremos. Estamos trabajando en ello." Jenn luego cambió la conversación al complejo petrolero. "¿Los federales descubrieron algo más sobre ese escondite de armas?"

"Sí, mucho. Han estado rastreando a los proveedores desde los registros y mensajes de Don Julio. Aquí hay algo que podría ayudarte. ¿Adivina quién suministró los explosivos para este sitio?"

No familiarizada con las compañías de explosivos, Jenn respondió con un nombre que conocía de los dibujos animados, "Um, ¿Acme?"

"No. Diamond Construction, Inc. Con sede en Minneapolis, Minnesota, en Estados Unidos. ¿No me dijiste que tenías algunos corredores de allí?"

Jenn consultó sus notas. "Oh, es cierto. Joe y Christie Adams. Y él dijo que es ingeniero para un proveedor de Aspire Oil. Apuesto a que es Diamond Construction. Voy a hablar de nuevo con él."

"Ahí lo tienes. Ya estás reduciendo tu lista." Después de tomar una respiración profunda, Castillo continuó, "Pero hay más. Don Julio envió un mensaje a una dirección de correo electrónico críptica diciéndole a alguien que recogiera un paquete en el aeropuerto el día que llegaron tus corredores. ¿Adivina cuál era el número del casillero?"

"¡Son los explosivos que encontraron los federales!"

"Así es. Alguien debía recogerlos antes de que los federales los encontraran, pero esa persona no se presentó."

Jenn tejió una historia para llenar los vacíos. "Entonces, ¿crees que Joe Adams debía llegar al aeropuerto de Quito, recuperar los explosivos del casillero y llevárselos? Pero ¿para hacer qué? ¿A quién o qué debía hacer explotar?"

"No lo sabemos… al menos, no todavía. Los federales todavía están revisando todo en el complejo petrolero. Pero parece cada vez más que tus corredores están profundamente involucrados en algo más grande que solo un asesinato."

El trío intercambió más información y acordaron conectarse al día siguiente.

Jenn miró a Carlos con emoción en sus ojos. "Carlos, tenemos una visita que hacer a nuestro ingeniero de explosivos."

CAPÍTULO 19

NEGOCIOS DE MONOS

La tensión era palpable en el aire húmedo de la selva ecológica mientras Jenn confrontaba a la pareja Adams. "No mencionaron que su compañía fabrica explosivos, que luego vende a Aspire Oil", declaró, con voz firme y penetrante.

Joe, menos intimidado que durante su primer encuentro en Quito, replicó desafiante, "No preguntaste sobre la compañía. Estabas investigando un asesinato en un hotel."

"Eso fue antes de que encontráramos los explosivos de su compañía en un casillero en el aeropuerto de

Quito. Era de un pedido enviado a Aspire Oil aquí en el Amazonas."

"Estoy confundido. ¿Estás preguntando sobre un asesinato o explosivos perdidos?" La confusión de Joe parecía fingida. "Sabes, no importa. Estoy aquí de vacaciones. Diamond Construction es una empresa enorme. Ve y pregúntales sobre sus explosivos perdidos."

La mirada de Jenn no vaciló. "Sí, pero tú y los explosivos aparecieron en el aeropuerto al mismo tiempo. Además, tenemos evidencia de que alguien debía recoger los explosivos el día que llegaste. ¿Cuántos ingenieros de explosivos crees que llegaron a Quito ese día?"

"Estoy seguro de que el número es más de uno, porque yo no hice nada. Necesitas buscar a otra persona."

Christie finalmente habló, con voz helada, "Entonces, no tienes evidencia que nos conecte a un asesinato o explosivos perdidos. No tienes más que coincidencias. A menos que encuentres algo real, puedes dejarnos en paz. Estás arruinando nuestras vacaciones."

Jenn sabía que estaba en desventaja, especialmente en el entorno remoto de la selva del hospedaje ecológico. La exuberante vegetación envolvía las pequeñas cabañas y los sonidos de la fauna llenaban el aire, un marcado contraste con las graves acusaciones que se lanzaban. "Tienes razón, pero estas 'coincidencias' siguen apareciendo. Hablaremos más de esto cuando regresemos a

Quito." Los dejó con esta amenaza apenas velada, esperando que los inquietara.

Saliendo de la cabaña de los Adams, Jenn pasó junto a Toni, la abogada de ojos agudos, y esperaba que la conversación no hubiera llegado a sus oídos. Al mirar hacia atrás, vio a Christie, visiblemente molesta, gesticulando para que Toni entrara.

Carlos esperaba a Jenn fuera de la cabaña con su cámara colgada al hombro. "Carlos, puse a los Adams contra la pared. Se mantuvieron firmes y tuve que admitir que estaba operando sobre especulaciones. Pero creo que les metí el miedo al arresto en la cabeza. Quiero que le eches un ojo… y tu cámara. Podrías capturar algo útil."

"Claro, puedo hacerlo. A todos les gusta ser vistos en fotos", respondió Carlos, ansioso por cualquier excusa para usar su cámara. "¿Y ahora qué?"

"Parece que esos explosivos están vinculados al asesinato de alguna manera, pero aún hay demasiadas piezas ausentes." Jenn hojeó su cuaderno. "Explosivos de Aspire en el aeropuerto. Director general de Aspire asesinado en el hotel. Complejo de Aspire Oil lleno de armas. Grupo de corredores americanos que curiosamente está cerca de todo esto. Esas son piezas del mismo rompecabezas, pero aún no encajan."

"¿Podemos inspeccionar sus habitaciones mientras están fuera corriendo mañana?" preguntó Carlos.

"¡Por supuesto que podemos! Pero tenemos que hacerlo sin ser notados. Ya inspeccioné la bolsa de día de todos en el autobús."

"¿Encontraste algo?"

"Solo más medicinas en la bolsa del veterinario, nada que no esperara."

A medida que el día llegaba a su fin, Carlos sugirió, "Todavía tenemos algo de tiempo libre antes de la cena. ¿Podemos caminar por el circuito del bosque? Quiero tomar algunas fotos de la naturaleza."

"Claro. Necesito descargar un poco de tensión. Pero tenemos que estar de vuelta a tiempo para la reunión de planificación nocturna. Recuerda, se supone que somos parte del personal."

"Tomar fotos es mi trabajo. Este es un paseo de trabajo para mí."

El sendero era un vibrante tapiz de árboles masivos, enredaderas colgantes y un coro de llamadas de aves. Carlos, con su ojo de fotógrafo agudo, señaló un hoatzin de colores brillantes. "Normalmente son más marrones que eso. Es raro ver uno tan brillante. Sabes que en realidad anidan como una comuna. Uno se aparea y pone un huevo fertilizado. Luego, todos se turnan para mantenerlo caliente y alimentado. De esa manera, madura más rápido y es menos vulnerable a los depredadores."

"Eres un policía. ¿Cómo sabes todo eso?"

Carlos sacudió la cabeza y se rió. "Oh, no. Soy un fotógrafo que resulta estar empleado por el servicio de policía. Capturar imágenes de este mundo asombroso es lo primero. Los cadáveres y escenas del crimen son solo el escenario por el que me pagan en este momento."

"Así que, ¿serías feliz trabajando para Corredores Globales como lo hace Allen si tuvieras la oportunidad?"

"Oh, absolutamente. Imagina viajar a un país diferente cada mes para capturar su belleza."

Su conversación de naturalistas fue interrumpida por un ruido de hojas que venía de arriba. Un mono ardilla, con su pequeño cuerpo ágil y rápido, realizó un salto impresionante a través del dosel de los árboles.

Jenn susurró, "Eso fue hermoso." Apenas había terminado esas pocas palabras cuando otro mono saltó por el espacio, seguido por un tercero y un cuarto. Mientras los detectives observaban, más de una docena de monos tomaron su turno en el salto atrevido, cada uno aterrizando de manera segura en las ramas del otro lado.

El ojo de Carlos nunca dejó su cámara, capturando a cada uno de los temerarios en vuelo.

Los dos continuaron esperando en silencio, pero el desfile de monos voladores había pasado. Finalmente, Jenn dijo, "Creo que conté catorce de ellos. ¡Eso fue increíble!"

"Era una familia de monos ardilla, y lo capturé todo con mi cámara. Se lo mostraré a Patricio y Allen en la

reunión. Probablemente me ofrezcan un trabajo permanente en el acto. Ha sido agradable trabajar contigo."
Sonrió a Jenn, imaginando los países que pronto visitaría.

"¡La reunión! Tenemos que regresar. No quiero que te despidan antes de que te contraten."

La reunión del personal se convocó durante la cena. Mientras discutían los planes para el día siguiente, Jenn miró al otro lado de la sala a los corredores. Notó que Joe y Christie compartían una mesa con Toni y su hermana, Lisa. Mientras hablaban, cada uno de ellos lanzaba miradas furiosas a la detective. Jenn supuso que su secreto se había extendido a la pareja de abogadas viajeras.

CAPÍTULO 20

TALENTO EN CONTRATAR

"Hoy, tenemos otra carrera por la jungla planeada." La voz de Patricio rompió la humedad de la mañana mientras el grupo se reunía, y la anticipación llenaba el aire. "Ayer, te mojaste un poco los pies. Hoy, darás un mordisco más grande."

Stella intervino, con un tono juguetón, "Y lo dices literalmente. Vamos a bajar de cabeza."

Las risas estallaron entre el grupo, aliviando parte de la tensión. Patricio sonrió. "Hoy, estaremos más arriba del río. Así que podría ser un poco más seco y menos pantanoso. Pero recuerden, esto es la selva tropical, así que no prometo nada." Rápidamente les informó sobre las curvas y giros del recorrido antes de dar la señal de inicio.

"Corredores globales... ¡Adelante!"

Condicionados como los perros de Pavlov, los corredores se lanzaron en una carrera, desapareciendo en el denso follaje del sendero de la jungla.

Jenn observaba este intercambio con envidia. Deseaba poder unirse a los corredores hoy también. Coordinaba la logística mientras Carlos, con su cámara en mano, se posicionaba a lo largo del recorrido para capturar la acción.

"Patricio, he preparado los refrigerios y bebidas en la meta. ¿Qué más necesitas?" Jenn preguntó, ansiosa por contribuir más de lo que había hecho el día anterior.

Justo cuando hablaba, comenzó la lluvia de la tarde — un ritual diario aquí. "¿Podrías montar un toldo sobre la mesa de refrigerios?" Sugirió Patricio mientras hacía sus propios preparativos para el inevitable aguacero.

"¡Sí, jefe!" Jenn respondió con un saludo, arrepintiéndose inmediatamente del gesto formal que solía usar en broma con el Capitán Castillo, su jefe real.

Patricio se rió. "Hoy estarán mucho más embarrados, aunque no lo sepan todavía. El recorrido tiene casi seis millas — cuesta arriba, cuesta abajo y zigzagueando por el espeso bosque. Será una sorpresa." Parecía divertido con la perspectiva del regreso embarrado de los corredores.

Jenn asintió. "Dave y Oscar deberían ser los primeros en regresar, tal vez en noventa minutos. ¿Deberíamos esperar aquí bajo la lluvia por ellos?"

"No hace falta. Vuelve a tu cabaña y mantente seca. Solo estate aquí en una hora, por si regresan más rápido de lo esperado."

"Gracias. Nos vemos pronto," Jenn respondió, aliviada por la oportunidad de alejarse. Este breve respiro era su oportunidad de explorar el hospedaje—un riesgo, sin duda, pero necesario para su investigación.

Comenzó con la cabaña más aislada, perteneciente a Alice y Cathy de Colorado. De los documentos esparcidos por el lugar, Jenn descubrió que Alice era consultora de colecciones—difícilmente el tipo intimidante—mientras que Cathy manejaba las relaciones públicas para la banda de hip-hop Sugar Strawz. Sus pertenencias revelaron poca conexión con actividades sospechosas.

Luego, intentó entrar en la cabaña de Joe y Christie Adams, pero encontró la puerta firmemente cerrada. Riéndose para sí misma, pensó, ʹSon cautelosos, por una buena razónʹ.

En la habitación de Jarrod Turner, que compartía con su esposa Tammy, Jenn descubrió artículos típicos de vacaciones junto a una maleta llena de equipo de buceo y suplementos de alto rendimiento. Más intrigante fue un pasaporte a nombre de Jack Hunter, con la foto de Jarrod y múltiples sellos de inmigración —una clara falsificación— y tarjetas de presentación de "Jack Hunter, Misiones Especiales Mundialmente."

Tomando fotos de las pruebas, Jenn rápidamente cubrió sus huellas y regresó a la línea de meta. Sin corredores a la vista, revisó el sitio web listado en la tarjeta de presentación. Describía a Jack Hunter como un ex Ranger del Ejército ahora especializado en soluciones de seguridad de alto riesgo —rescate ejecutivo, protección de celebridades, entrega de paquetes sensibles y vigilancia encubierta.

Envió un mensaje de texto a Castillo con las fotos y el enlace del sitio web, solicitando una verificación de antecedentes de ambas identidades.

"¿Soy el primero?" La voz de Dave la devolvió al momento mientras cruzaba la línea de meta, cubierto de barro.

"Sí, Dave. Eres el primero... como siempre," Jenn confirmó antes de mirar su reloj. "Una hora, dieciocho minutos."

"Eso es decente para una carrera en la jungla," presumió Dave, mostrando su vestimenta cubierta de barro.

Patricio apareció, riéndose a carcajadas. "Señor Dave, la jungla parece haberte abrazado completamente hoy."

Poco después, Oscar y Oliver terminaron codo a codo, seguidos por otros corredores cubiertos de barro. Oliver señaló hacia el muelle. "¡Solo hay una forma de limpiar esto!" Energizados, el grupo corrió hacia el río, saltando completamente vestidos.

Mientras se limpiaban en el agua, Patricio caminó casualmente hacia el borde del muelle. "Caballeros, ¿saben qué más nada ahí con ustedes?" La tensión repentina era palpable. Los corredores se miraron entre sí con curiosidad.

Agarrándose la entrepierna, Oscar soltó, "¿El pez candirú?"

Riéndose, Patricio confirmó con una sonrisa traviesa, "Bueno, sí, pero no corren peligro con los pantalones cortos puestos. No es lo suficientemente pequeño como para atravesar el material. Sus verdaderos compañeros de natación son las pirañas que también nadan allí." Patricio hizo un gesto con la mano en su dirección general.

"¡Me voy!" Declaró Dave primero, retirándose rápidamente.

"No seas gallina, Dave. No te molestarán a menos que estés sangrando," Oliver bromeó, aunque el grupo rápidamente hizo la transición a una sesión de limpieza más cautelosa con cubos en el muelle.

Un grupo de corredores más lentos salió del bosque, igualmente cubiertos de tierra chocolatosa. Estaban intercambiando historias sobre sus aventuras en el sendero resbaladizo. Cada uno tenía su propia descripción de cómo habían resbalado, deslizado y chapoteado hasta la meta. "Grabé algunos de tus choques en vídeo," exclamó Toni.

En medio de las risas y el caos, el teléfono de Jenn emitió un pitido. Era un mensaje de Castillo. Su pulso se aceleró mientras leía el texto, su emoción aumentando con un posible avance.

CAPÍTULO 21

EL "BOY SCOUT"

Jarrod Turner empujó la puerta desgastada de su cabaña rústica, probablemente esperando el silencio húmedo de la habitación, su aire cargado con el aroma de tierra empapada por la lluvia. En cambio, encontró un invitado inesperado. Una joven ocupaba la única silla de la habitación, su figura relajada pero sus ojos agudamente observadores.

"Eh, hola, Jenn, ¿qué haces aquí? Sabes que estoy casado". La voz de Jarrod llevaba una mezcla de nerviosismo y vergüenza.

"Sí, Jarrod, lo sé. He conocido a Tammy. No estoy aquí por eso". Jenn sacó su placa de detective con un movimiento practicado de su muñeca, extendiéndola hacia él.

Él entrecerró los ojos al mirar la placa, luego asintió en reconocimiento. «Policía de Quito. Encaja perfectamente. Tu estado físico, la forma en que te manejas, las preguntas que haces y ese bulto en tu bolsillo. Las piezas encajan. Te tenía como exmilitar».

Jenn reconoció su suposición con un asentimiento.

"¿Cómo puedo ayudarte, Oficial Moreno?"

"Detective Moreno", lo corrigió con brusquedad.

"Entonces, ¿estás investigando un crimen? Estás encubierta muy lejos de Quito. Eso es inusual".

"El crimen es inusual".

"¿Qué crimen?" indagó.

"Para esta conversación, me interesa hablar con Jack Hunter". Ella levantó el pasaporte falso, dejando que las implicaciones flotaran en el aire húmedo entre ellos.

"Entonces, has descubierto mi alias... mientras revisabas mi habitación, supongo. Estoy seguro de que Patricio no aprobaría ese tipo de comportamiento de su personal".

"Podemos abordar eso después de aprender un poco más sobre por qué Jack Hunter está en Ecuador". Jenn hojeó su teléfono, deteniéndose en un mensaje específico. "Tengo un intercambio aquí con los federales que están investigando un paquete de explosivos encontrado en el aeropuerto de Quito. Tienen correos electrónicos enviados por un supervisor de Aspire Oil aquí en Ecuador. ¿Sabes lo que dicen?"

Jarrod, alias Jack Hunter, hizo una pausa, su expresión indescifrable. "¿Por qué no me lo dices tú?"

"Dicen que el paquete que dejaron en el aeropuerto sería recogido por 'el Cazador' el sábado pasado". Jenn lo escrutó en busca de algún indicio de nerviosismo. "¿Cuándo llegaste al país, Jack Hunter?"

Él sonrió con frialdad. «Creo que fue el sábado. Pero no recogí ningún paquete».

"No, no lo hiciste, pero te contrataron para recogerlo y entregarlo en algún lugar. ¿Por qué no cumpliste con tu asignación?"

Cruzando los brazos, Jarrod Turner respondió, "Detective Moreno, tienes razón en que me contrataron para entregar ese paquete. Pero Jack Hunter es un negocio legítimo. No hago cosas ilegales. Los clientes a menudo me contratan para entregar paquetes de dinero, documentos, incluso oro ocasionalmente. Pero no entrego drogas, bombas ni nada parecido. El paquete del aeropuerto era claramente una bomba".

"¿Abriste el casillero? ¿Lo viste?" preguntó Jenn con agudeza.

Jarrod asintió. "Y podía olerlo. Inmediatamente cerré el casillero sin tocarlo".

"¿Dónde se suponía que debías entregarlo?"

"Después de llegar al país, recibí una dirección para la entrega. Iba a ir a la Avenida de Cieba 105".

"¿Y qué se suponía que debías hacer con él allí?" preguntó ella.

"Solo lanzarlo sobre una pared lateral del jardín".

Jenn continuó, "¿Quién vive en la Avenida de Cieba 105? Es una zona bastante elitista".

"Podrías buscarlo. Yo lo hice. Esa es otra razón por la que no lo toqué. Es la casa del ministro del interior de tu gobierno". Turner dejó que la gravedad de sus palabras se hundiera.

La mente de Jenn corrió con las implicaciones. "¿Me estás diciendo que Aspire Oil te contrató para entregar una bomba al ministro del interior?"

"No. Estoy diciendo que un cliente anónimo me contrató para entregar un paquete anónimo desde un punto de entrega en el aeropuerto a una ubicación desconocida en la ciudad. Trabajo típico. Ese es el trabajo que acepté. El resto de los detalles vinieron después". Jarrod apretó la mandíbula con firmeza.

"Está bien, tal vez seas uno de los buenos. ¿No se preguntará tu cliente por qué no hiciste el trabajo?"

"No desde que los federales lo encontraron. Puedo decirles que el sitio estaba demasiado caliente. Además, por eso tengo un alias para estos trabajos".

"Sí, volvamos a este pasaporte falso". Ella levantó el documento. "Estoy bastante segura de que el gobierno estadounidense no aprobaría esta falsificación. Y estoy segura de que inmigración de Ecuador también tendría problemas".

"¿Lo has mirado de cerca? Eso no es una falsificación, es solo un pasaporte falso. Hay una gran diferencia legal".

"¿Cómo lo explicas?"

"Ese documento es lo suficientemente bueno para confirmar mi identidad como Jack Hunter ante un cliente. No es lo suficientemente bueno para pasar por aduanas o controles de inmigración".

"Sin duda hay varios sellos en la parte de atrás".

"Todos falsos. Tengo uno del Parque Nacional del Gran Cañón, otro de mi cafetería local, en cualquier lugar donde vea uno que sea aceptable". Jarrod sonrió por su astucia.

Jenn examinó los sellos mientras él hablaba. Ciertamente eran de una extraña colección de lugares, y ninguno de ellos eran puntos de entrada gubernamentales oficiales. "De hecho, una colección única", respondió Jenn, su tono incluyendo tanto diversión como escepticismo. "Pero no cambia el hecho de que estuviste involucrado en una misión potencialmente peligrosa. ¿Qué hacemos ahora?"

Entonces Jarrod se convirtió en el inquisidor. "Detective, ¿puedes decirme por qué una compañía petrolera está tratando de eliminar a un funcionario del gobierno? Especialmente uno que acaba de darles un gran contrato".

Jenn lo pensó. "No tengo ni idea". Considerando si confiar en este supuesto "Boy Scout", decidió probarlo. "¿O por qué tienen un arsenal de armas ilegales en su complejo petrolero al otro lado del río?"

Jarrod levantó las cejas. "No tienen miedo de los monos. Tienen miedo de que el gobierno cambie de opinión y trate de expulsarlos del país. Eso les costaría miles de millones. Parece que harán cualquier cosa para mantener su contrato y sus instalaciones".

Jenn lo miró fijamente. Consideró, ya que él era un ex Ranger del Ejército, actual aventurero a sueldo, que este tipo podría tener algo de experiencia lidiando con situaciones como esta. Pero no podía darle más información.

"¿Puedo tener eso de vuelta?" Jarrod señaló el pasaporte de novedad.

Jenn se lo lanzó. "Está bien. Por ahora, asumiré que eres un "Boy Scout", pero no le digas a nadie quién soy. Y tampoco intentes huir".

Jarrod extendió los brazos para indicar la selva casi impenetrable que los rodeaba. "¿Cómo? Prometo estar en el barco para la próxima parada en nuestro viaje". Después de un momento de pensamiento, preguntó, "¿Por qué estás aquí? No sabías quién era hasta hoy, pero te uniste a nuestro grupo tan pronto como salimos de Quito. Estás aquí para investigar otra cosa".

"Eres perceptivo, Jack Hunter, pero no puedo decirte todo". Antes de que pudiera hacer más preguntas que ella no podía responder, se levantó para irse.

"Lo averiguaré, Detective Moreno".

"Hazlo, Hunter. Pero guarda nuestro secreto y no traeré a los federales aquí para hablar contigo".

"Trato".

Jenn lo observó despertar su teléfono y comenzar a teclear. Supuso que estaba buscando noticias que explicaran su presencia.

CAPÍTULO 22

TIEMPO DE AVENTURA

Jenn marcó el número de su jefe, preocupada por el peso de la información que había descubierto. El teléfono sonó un par de veces antes de que la voz de Castillo se escuchara.

"Jefe, acabo de tener una conversación con Jack Hunter. Fue contratado para recoger el paquete en el aeropuerto, pero insiste en que rechazó el trabajo cuando descubrió que contenía explosivos. Afirma que solo acepta trabajos legales," relató Jenn.

"¿Deberíamos ir a buscarlo para interrogarlo?" inquirió Castillo.

"Corredores Globales les ahorrará la molestia. No hay forma de escapar de este campamento en la selva, y mañana, todo el grupo regresa a Quito," explicó Jenn.

"Bien. Mantén un ojo sobre él. Asegúrate de que regrese aquí," acordó Castillo. "Ahora, si se suponía que él debía recoger el paquete, ¿qué debía hacer con él?"

"Ahí es donde se pone serio," respondió Jenn.

"Explosivos en el aeropuerto ya son bastante serios."

"Bueno, se pone aún más serio. Una vez que llegó al país, recibió una llamada instruyéndolo a entregar el paquete a una dirección específica y arrojarlo por encima de una pared de jardín. La dirección resultó ser la residencia de José César, el ministro del interior," reveló Jenn.

"¿Qué? ¿Quieres decir el ministro del interior de Ecuador?" exclamó Castillo, claramente sorprendido.

"Sí, exactamente. Esa es una razón por la cual Hunter se retiró del trabajo. Podía ver la trampa y cómo sería incriminado por el atentado."

"Entonces, déjame entender bien. ¿Aspire Oil redirigió sus propios explosivos para dejarlos en el aeropuerto y luego contrataron a un mercenario americano para volar a un funcionario del gobierno?" la voz de Castillo estaba llena de incredulidad.

"Esa es la conclusión a la que he llegado también," confirmó Jenn.

"¿Pero por qué harían eso? El Ministro César acaba de aprobar sus operaciones de perforación en el Amazonas.»

"Estoy tan desconcertada como tú, jefe. Es un esquema mucho más grande de lo que he manejado antes," admitió Jenn.

"Creo que es hora de reunirnos con los federales e intercambiemos información. Debemos averiguar lo que ellos saben también," sugirió Castillo. "Dado que tu grupo regresa mañana, programaré una reunión para la tarde. Excelente trabajo, Moreno."

"Gracias. Y Carlos también está resultando valioso. Tiene cientos de fotos de todos en el viaje," agregó Jenn.

"Mantente segura, Moreno. Hay un asesino entre ellos, incluso si Hunter no es el culpable," advirtió Castillo.

Jenn sintió una sensación de validación al escuchar a Castillo reconocer por primera vez que un asesino se escondía entre los corredores.

Saliendo de su cabaña, Jenn salió al campamento, saludada por un silencio inusual. Al ver a Zuri reláján-dose en el amplio hospedaje, se acercó con curiosidad.

"¿Dónde está todo el mundo?" inquirió Jenn.

"Todos están en el río, pescando nuestra cena," respondió Zuri con una sonrisa traviesa.

"¿Qué están pescando?" preguntó Jenn, con los ojos muy abiertos.

"Pirañas, por supuesto," respondió Zuri en tono juguetón.

La sorpresa de Jenn era evidente mientras respondía, "¿Y confías en que los turistas manejen una piraña después de atraparla?"

Zuri se rió y negó con la cabeza. "Por supuesto que no. Alguien perdería un dedo. Tenemos pescadores locales para encargarse de esa parte."

"Van a necesitar una buena pesca para alimentar a todo este grupo," comentó Jenn con escepticismo.

"Es simbólico, en realidad. Solo esperamos que haya suficiente para que todos puedan probar. La comida real ya se está siendo preparada," explicó Zuri.

Buscando una forma de pasar el tiempo, Jenn sugirió, "¿Te apetece unas mesas de cuarenta?"

"Claro, pero te advierto, esta vez voy a ganarte," respondió Zuri, y una sonrisa se dibujó en sus labios.

Las dos mujeres se involucraron en una serie de juegos, y como prometido, Zuri emergió como la ganadora varias veces.

Los instintos detectivescos de Jenn se impusieron, y pronto dirigió la conversación hacia su viaje y las personas involucradas.

"¿Alguna vez encuentras problemas al manejar un grupo tan grande?" preguntó Jenn.

"¿Problemas? Podría escribir un libro sobre los problemas, pero nada demasiado serio," respondió Zuri, reflexionando sobre las experiencias que habían tenido.

"Está bien, cuéntame algunas historias," animó Jenn, ansiosa por escuchar más.

Zuri pensó por un momento antes de que una chispa de emoción apareciera en sus ojos. "Ah, tengo una. ¿Has conocido a Stella, ¿verdad?"

Jenn asintió, recordando a la mujer sociable, que parecía estar familiarizada con todos en el grupo.

"Bueno, una vez en Costa Rica, tuvimos una pequeña aventura con Stella. Durante una carrera en la selva, de alguna manera logramos perderla. Y no me refiero a que solo se desvió del camino y tomó una milla extra. Quiero decir, que desapareció por completo. Nadie sabía dónde había desaparecido," relató Zuri.

"Pero claramente la encontraron ya que está aquí con nosotros," interrumpió Jenn.

Zuri sonrió. "Sí, en efecto. Resulta que tomó un giro equivocado en algún lugar de la selva y terminó en un sendero diferente. En lugar de descender por nuestro lado de la montaña, sin saberlo bajó por otra cara y terminó en el siguiente valle. Estábamos buscándola a lo largo del sendero. Por suerte, se dio cuenta de que estaba en problemas reales, pero encontró un camino y eventualmente un camión. Con su español limitado, explicó su situación a los lugareños, dándoles el nombre del parque y el sendero donde habíamos comenzado."

Jenn escuchaba con asombro, maravillada por la capacidad de recursos y la determinación de Stella.

"Los dos hombres en el camión entendieron sus descripciones y, unas dos horas después, llegaron a nuestro sitio de carrera con Stella en el asiento del pasajero. Ella saltó de la cabina, rebosante de sonrisas y energía, habiendo descubierto cómo rescatarse a sí misma," concluyó Zuri.

"Puedo imaginar lo aliviada que debiste sentirte," comentó Jenn.

Zuri hizo una pausa, tomando una respiración profunda. "Cuando la vi, rompí a llorar. El alivio y la preocupación que sentí de repente me abrumaron. Fue un claro recordatorio de la responsabilidad que llevamos, guiando turistas por la naturaleza de un país extranjero. No importa cuán bien planifiquemos, siempre hay un elemento de riesgo involucrado."

La curiosidad de Jenn ganó, y no pudo evitar preguntar, "¿Lesiones?"

Zuri se rió y comenzó a contar algunas de sus aventuras pasadas. "Oh, en cada viaje. En nuestra primera carrera aquí en Ecuador, tuvimos dos. Deb se cayó y se dislocó un dedo. Estaba completamente sola, a millas de la línea de meta. Es una mujer fuerte, sin embargo.

Se recolocó el dedo ella misma, lo ató a sus dedos sanos y siguió corriendo hasta llegar al final."

"¡Dios mío!" exclamó Jenn.

"Y luego, estaba Rogerio," continuó Zuri. "Casi se golpea inconsciente por no agacharse lo suficiente bajo para un cartel."

Jenn asintió, recordando el incidente. "Yo estaba allí cuando eso sucedió. Escuché el fuerte 'golpe' y sus coloridas palabrotas. Luego, lo vi sentado bajo el cartel, aturdido."

"Pero se levantó y terminó la carrera," añadió Zuri. "Y eso fue solo el primer día. Estoy segura de que tendremos más percances antes de que termine este viaje."

Jenn estaba asombrada. "¿Y siguen regresando por más?"

Zuri asintió, con un destello de emoción en sus ojos. "Es la emoción de la aventura. Es mucho más emocionante que una semana en la playa."

El sonido de docenas de voces interrumpió su conversación. Los cazadores de pirañas irrumpieron en la sala, sus voces llenas de emoción mientras compartían historias sobre su captura y la que casi le costó a alguien un dedo.

Zuri señaló hacia la multitud para enfatizar su punto. "Aventura."

Carlos, al ver a Jenn y Zuri juntas, se apresuró con su cámara. "¡Tengo fotos increíbles! Una piraña saltó fuera del agua antes de que el cebo tocara la superficie. La capturé con la cámara. Y luego tomé algunas fotos espeluznantes del guía abriendo una piraña para mostrarnos los pececillos dentro."

Jenn respondió sarcásticamente, "Suena delicioso."

Carlos, sin captar la broma, respondió inocentemente, "Oh, limpian todo eso antes de cocinarlas."

Curiosa, Jenn preguntó, "Entonces, ¿quién atrapó el pez más grande?"

Carlos sonrió con picardía. "Eso es debatible. Tammy y Barb todavía están discutiendo al respecto."

La animada celebración y las historias de pesca continuaron durante la cena, aunque solo unos pocos de los corredores se atrevieron a probar un bocado del pez carnívoro.

A medida que avanzaba la noche, comenzaron las actividades después de la cena. La gente se reunió para el karaoke, acompañado de generosas cantidades de bebida. Se iniciaron juegos de cartas, con un toque de apuestas. Los miembros más agotados del grupo usaron el WiFi del hospedaje ecológico para publicar fotos de sus aventuras del día.

Finalmente, se programó una caminata nocturna por la selva para ver animales e insectos nocturnos. Se instruyó a los participantes a no tocar ninguna planta o criatura que encontraran. No sabrían cuáles eran venenosas, ponzoñosas o simplemente peligrosas.

Después de un largo día, Zuri y Jenn se retiraron a su habitación compartida, preparando su equipo para el regreso a la civilización. Ordenaron su ropa y completaron su rutina de limpieza nocturna. Justo cuando estaban a punto de acostarse, Zuri gritó a todo pulmón.

Alarmada, Jenn salió corriendo del baño, buscando instintivamente su pistola. "¿Qué pasa? ¿Estás bien?"

Zuri, con la espalda contra la pared y la mano sobre la boca, señaló la cama. Allí, cerca de la almohada, estaba una gran araña marrón.

Jenn la reconoció de inmediato. La Araña Errante, una criatura arraigada en las historias de todos los niños ecuatorianos. "¡No la toques!" ordenó Jenn. "Es altamente venenosa y agresiva."

La criatura medía seis pulgadas de ancho, con un cuerpo marrón peludo y una raya oscura en el centro. Mientras Jenn se movía por la habitación, la araña levantó sus patas delanteras y se balanceó de un lado a otro. Rápidamente evaluó la situación, buscando algo lo suficientemente sustancial para capturar o aplastar la araña. Un zapato no serviría; necesitaba algo más como una pala o una sartén.

Zuri preguntó, "¿Qué debemos hacer?"

"Lo más importante es asegurarse de que no escape," respondió Jenn. "No queremos pasar toda la noche preguntándonos dónde se fue." Justo entonces, escucharon pasos acercándose a la puerta. Fue cuando Jenn recordó algo que podría ayudar. Salió y agarró un palo de bambú del suelo, un palo de cuatro pies de largo que generalmente se usa para secar zapatos empapados en la selva.

La cara de Jarrod fue la primera en aparecer en la puerta, seguida de varias otras. Jenn les ordenó que se mantuvieran atrás. Avanzó hacia la araña, empuñando el palo de bambú como un conquistador con una espada. Con un movimiento rápido, lo hizo caer sobre la cama. Su primer intento falló, pero en un abrir y cerrar de ojos, la espada de bambú subió y bajó repetidamente. Finalmente, un golpe bien dirigido conectó, convirtiendo la araña en una mancha plana en las sábanas.

A medida que la tensión se disipaba, Patricio entró para inspeccionar el trabajo de Jenn. "Buen trabajo, exterminadora," comentó. Dirigiéndose a la multitud, explicó, "Era una Araña Errante, nativa del Amazonas. Solo emergen de noche y prefieren deambular por el suelo en busca de presas. Nunca entran a espacios interiores, especialmente cuando las luces están encendidas." Mirando a Zuri con preocupación, añadió, "Y son muy venenosas."

Un espectador preguntó, "¿Mortalmente venenosas?"

Patricio asintió gravemente. "A veces. Si te muerden, experimentarás calambres, convulsiones y fiebre. Es una experiencia agonizante, y algunas personas han muerto por una sola mordida." Tratando de ofrecer algo de tranquilidad, continuó, "Pero tenemos antídoto aquí en el hospedaje. Eso ayuda."

Jarrod no pudo evitar soltar, "¿Ayuda? ¿No lo cura?"

Patricio maldijo por dejar escapar ese detalle. Negando con la cabeza, admitió, "No, no elimina el dolor ni la fiebre. Aún estarás terriblemente enfermo durante varios días. Pero al menos no morirás." La forma en que hizo una pausa al final de la frase hizo parecer que se suponía que debía haber un "usualmente" en alguna parte.

Jenn y Patricio se turnaron para proporcionar más detalles sobre la araña y asegurar al grupo que era poco probable que hubiera otra en sus habitaciones. Las arañas tenían miedo de la gente y no había insectos para que cazaran en las habitaciones. También dieron instrucciones para revisar cuidadosamente las camas, la ropa y los zapatos en busca de posibles intrusos.

En un acto de solidaridad, Jenn aceptó cambiar de cama con Zuri, pero no antes de cambiar las sábanas. Con cautela, se deslizó bajo las cobijas, su mente llena de preguntas sobre cómo la araña había encontrado su camino hacia la habitación y sobre las sábanas. Era muy inusual, y Jenn no podía sacudirse la sensación de inquietud.

FEDERAL Y LOCAL

Al regresar a Quito, Jenn se sorprendió por su percepción cambiada de la ciudad. Lo que una vez fue un corazón palpitante con el que se sentía en sintonía, ahora parecía un torrente abrumador de ruido y urgencia. El susurro sereno de la selva había suavizado sus sentidos, haciendo que el ritmo implacable de la ciudad se sintiera como un asalto.

Después de que todo el grupo se sintió cómodo, el Capitán Castillo la recogió en el Hotel Quito, donde toda la saga había comenzado. Mientras conducían,

Castillo la puso al tanto, su voz teñida de frustración. "Tenemos una reunión en el edificio federal en una hora. Me costó mucho convencerlos de que se tomaran el tiempo. Creen que lo saben todo y que nosotros no sabemos nada."

Jenn no pudo evitar poner los ojos en blanco. "Típico. Pero mientras ellos estaban persiguiendo a una compañía petrolera, se perdieron totalmente la conexión con los corredores."

Navegando por la ciudad, Jenn observó los contrastes marcados a los que antes se había insensibilizado. Cada edificio era como una fortaleza, rodeado de muros de bloques de cemento coronados con alambre electrificado, un recordatorio claro de la lucha nocturna contra el crimen y la pobreza. De día, Quito se disfrazaba de una ciudad prístina y próspera; de noche, revelaba una lucha desesperada por sobrevivir.

"¡Moreno! ¿Estás conmigo?" La voz de Castillo la sacó de su ensueño.

"Perdón, jefe. Todavía me estoy adaptando al ritmo de la ciudad. Todo es mucho más tranquilo y lento en la selva."

"Lo recuerdo. Tengo familia en Coca, así que de vez en cuando voy por allá," respondió Castillo, estacionando el vehículo policial en un lugar reservado en el estacionamiento del gobierno.

El ascensor zumbó suavemente mientras los llevaba a su destino: una sala de conferencias marcadamente utilitaria donde esperaban dos agentes federales. Uno de ellos era un rostro familiar, el Oficial López, que había acampado en la estación de policía; el otro se presentó como el Capitán Abril.

Después de intercambiar apretones de manos y cortesías, toda la atención se centró en Jenn. Ella habló con cautela, omitiendo detalles sensibles sobre Corredores Globales, y comenzó a relatar los eventos empezando por la redada en el complejo de Aspire Oil. Detalló su investigación posterior, conduciendo a un sospechoso en un hospedaje remoto en la naturaleza.

"Así que, Jack Hunter admite que fue contratado para entregar un paquete, pero insiste en que se echó atrás cuando vio lo que era y recibió las instrucciones finales de entrega," explicó Jenn, notando el agudo interés de Abril.

"Es impresionante que hayas descubierto todo esto a partir de unos pocos correos electrónicos de Don Julio en el complejo petrolero. Sin embargo, creo que hay más que no estás compartiendo," comentó Abril, su experiencia con las guerras de agencias evidente. "Pero continuemos. ¿Cuál era la dirección de entrega?"

"Era la casa del ministro del interior," Jenn hizo una pausa, dejando que la gravedad de su declaración se hundiera.

Abril y López intercambiaron miradas, una señal clara de que estaban armando su propio rompecabezas fragmentado.

"No parecen tan sorprendidos como esperábamos," interrumpió Castillo. "Eso significa que tienen razones para creer que esto tiene sentido. Pero las piezas no encajan para nosotros." Estaba sondeando en busca de más información.

Abril, decidiendo cooperar, explicó, "Nos has dado una pieza importante de información porque conecta una historia en la que hemos estado trabajando. Te estás preguntando por qué una compañía que recibió una enorme oportunidad de nuestro gobierno intentaría matar al funcionario que firmó el acuerdo. ¿Tengo razón?"

Jenn y Castillo asintieron en acuerdo.

"Nuestra investigación sobre la conexión entre Aspire y el gobierno reveló que el ministro estaba cancelando el acuerdo. Su oficina sentía que Aspire no estaba cumpliendo con su parte del trato," continuó Abril.

Castillo expresó la conclusión lógica, "Entonces, ¿Aspire planeaba matar al ministro antes de que pudiera cambiar el acuerdo? Pero, ¿no continuaría la oficina con la cancelación sin él?"

"Eso depende de quién tome el relevo, cuáles sean sus incentivos, qué les han pagado y por quién," señaló Abril.

Jenn se unió a la conversación. "Y eso también explicaría el arsenal de armas en el sitio de perforación. Se estaban preparando para mantener su posición si las cosas no salían como querían."

"Exactamente. El comandante de tu redada asumió que ese era el caso tan pronto como se descubrieron esas armas. Así es como comenzamos por este camino," confirmó Abril.

A medida que la reunión llegaba a su fin, las dos partes acordaron compartir información crucial de aquí en adelante. Jenn y Castillo salieron, sus mentes corriendo con las implicaciones de la conversación.

De vuelta en el coche, Castillo reflexionó, "Eso fue esclarecedor para ambos. Espero que aprecien lo que hicimos por ellos."

"¡Pfftt! No voy a esperar sentada," respondió Jenn, su escepticismo palpable.

Observando el tráfico mientras conducía, Castillo lanzó un pensamiento casual. "Es curioso que interior iba a cancelar el contrato de Aspire, luego Aspire intentó contratar una entrega de bomba a la casa del ministro, pero el ejecutivo de Aspire es el que terminó muerto. ¿Es posible que los ataques fueran en ambas direcciones?"

"¿Crees que interior podría haber hecho lo mismo?" preguntó Jenn.

"Solo estoy considerando todas las opciones. Pero, por ahora, te llevo de vuelta al Hotel Quito. Oíste a los federales. El asesinato sigue siendo nuestra investigación. Tienes las mejores pistas, y estoy seguro de que alguien en ese grupo está involucrado."

"Gracias, jefe." Jenn sintió una mezcla de orgullo y presión. "Los encontraré para ti."

"Pasando de los detalles federales, aquí hay algo de información de nuestro talentoso examinador médico." Castillo no pudo evitar reír mientras lo decía.

"Porque ha sido tan útil hasta ahora," bromeó Jenn sarcásticamente.

"Esta vez es mejor. Dice que definitivamente hay dos causas de muerte. El cadáver tenía un sitio de inyección en el muslo, y los niveles de insulina eran mucho más altos que los niveles de péptido C, lo que indica la introducción de insulina externa. La víctima no era diabética, así que alguien más la inyectó."

"Eso apunta de vuelta a mi veterinaria con la farmacia en su maleta," concluyó Jenn, su teoría ganando tracción mientras recordaba el frasco de insulina que había encontrado en la bolsa de Karen.

"Exactamente lo que pensé."

"¿Y cuál es la segunda causa?"

"El cadáver tiene dos pequeños moretones en el cuello, exactamente sobre las arterias carótidas. No es como una estrangulación completa, sino más como si alguien hubiera colocado sus pulgares suavemente en las arterias y esperara a que el flujo de sangre al cerebro se detuviera, llevando a la inconsciencia o la muerte."

"¿Hay algún ADN en esos puntos?"

"Todo lo que encontró fue una muestra de látex, como de un par de guantes de látex. Así que el asesino sabía que no debía dejar esas pistas para nosotros."

Jenn reflexionó por un momento. "No puedes estrangular a alguien hasta la muerte con dos dedos suaves a menos que ya estén drogados. Así que, tal vez el asesino solo se estaba asegurando, puliendo su trabajo, asegurándose de que la víctima muriera incluso si la insulina sola no hacía el trabajo."

"Posiblemente." Castillo asintió, intrigado por la hipótesis. "Pero entonces, ¿por qué estaba el cuerpo en la ducha?"

Jenn no tenía una respuesta inmediata para eso. La colocación del cuerpo seguía desconcertándola, insinuando otra capa del misterio por deshacer.

CAPÍTULO 24

HALLAZGOS DEL MERCADO

Jenn entró en el bullicioso vestíbulo del hotel, donde el aire estaba cargado con los sonidos de los viajeros y el tintineo de los vasos del bar del vestíbulo. En una mesa cerca del centro, notó a un grupo de sus corredores, sus rostros animados y brillantes. Habían desplegado un verdadero tesoro de hallazgos de compras sobre la mesa, cada artículo desatando discusiones y risas.

"¡Mira este suéter! Cien porciento lanas de alpaca y solo veinte dólares," exclamó uno, sosteniendo una prenda suave y de intrincado diseño.

"Bolso de cuero, treinta dólares," intervino otro, mostrando la fina artesanía del accesorio.

"Por diez dólares, conseguí una docena de estos lindos llaveros de alpaca," añadió una tercera, extendiéndolos como si fueran cartas.

Estos precios eran una señal clara para Jenn. No se habían derrochado en la tienda de regalos del hotel; habían aventurado al Mercado Artesanal de La Mariscal. Era un vibrante centro para locales y turistas por igual; el mercado se extendía por varias cuadras de la ciudad, sus puestos repletos de ropa colorida, joyería artesanal y una variedad de recordatorios eclécticos. El aire siempre estaba lleno de la animada regateo de compradores experimentados.

Entre el alegre grupo, la mirada de Jenn se asentó en Karen, ahora su principal sospechosa. El impulso de llevar a Karen directamente a la estación de policía burbujeaba dentro de ella, pero las implicaciones de exponer su estatus encubierto la detenían, sin mencionar la próxima etapa del viaje a las Islas Galápagos, un descanso muy necesario que no estaba dispuesta a poner en peligro.

"Han encontrado oro," observó una voz familiar desde detrás de su hombro.

Al girarse, Jenn encontró a Tatyana acercándose, con los brazos cargados de sus propios hallazgos del

mercado. "Veo que tú también," respondió Jenn, reconociendo la carga.

"Ese mercado es increíble. Literalmente miles de cosas perfectas para turistas. Y tan barato," comentó Tatyana, y luego, con un gesto, se colocó un sombrero de paja en la cabeza. "Diez dólares. Y lo necesitaré para cubrirme en las islas. Oí que hace más calor allí que en la jungla."

Jenn asintió en acuerdo. "En esta época del año, absolutamente. Pero aún no es verano, así que sigue siendo agradable la mayor parte del día."

"No puedo esperar a ver a las tortugas, iguanas y pingüinos. ¿Realmente nadan donde podemos verlos?"

Habiendo vacacionado en la misma isla antes, Jenn confirmó, "Los verás tan pronto lleguemos al área de transferencia del barco."

"¿Iguanas nadando en el océano?" Tatyana sonaba incrédula ante la idea.

"Sí, todo el día, todos los días."

Tatyana, una pelirroja alta con una mirada de ojos azules que parecía atravesar el bullicio del vestíbulo, se detuvo y pareció reflexionar. "Esta es una de las grandes razones por las que vine en este viaje. Sabes, trabajé en un zoológico en Rusia antes de mudarme a Estados Unidos. Teníamos pingüinos, piqueros e iguanas, pero todos en pequeños confinamientos. Era un poco triste para ellos."

"No sabía que exportábamos nuestros piqueros de patas azules."

"No lo hacen, al menos no más. Pero hace cincuenta años, estaban disponibles para ser llevados. Así que, el zoológico los mantiene vivos y los cría." La voz de Tatyana tenía un toque de melancolía mientras relataba estos detalles, su profundo amor por la naturaleza evidente en su tono. Sacudiéndose la nostalgia, volvió su atención a la animada mesa y se movió para unirse al intercambio de historias y risas.

En ese momento, Jenn vio a Joe y Christie, que acababan de entrar en el vestíbulo. Decidió hablar con ellos si estaban dispuestos. "¿Podríamos tener un momento sin sus abogados?" Jenn preguntó a la pareja.

"Tal vez. ¿De qué se trata?" respondió Joe. Christie solo miró fijamente y permaneció en silencio.

"Solo quería decirles que hemos resuelto los detalles con los explosivos. Sabemos de dónde vinieron. Sabemos quién fue el entregador. Así que ya no son sospechosos." Como Jenn estaba desarrollando un verdadero apego por todo el grupo, añadió, "Perdón por arruinar sus vacaciones, pero es parte de mi trabajo."

Joe se relajó visiblemente. "Bueno, eso es un alivio. Ni siquiera quiero conocer ningún detalle. Mantendremos a Toni y Lisa en retención hasta que salgamos del país, por si acaso."

"Si lo deseas. Por cierto, todavía estamos trabajando en ese asesinato. Así que, si recuerdan algo, háganmelo saber."

Con el día llegando a su fin, Jenn se preparó para el desafío logístico que esperaba al grupo la mañana siguiente. La reunión del personal delineó el intrincado baile de transporte que emprenderían para llevar a treinta turistas desde Quito hasta la remota Isla Isabela. El plan detallaba una secuencia de autobuses, aviones y barcos, un testimonio de la complejidad de viajar en Ecuador.

Al terminar la reunión, Jenn no pudo evitar encontrar humor en el próximo viaje. "Bienvenidos a sus vacaciones gratis," bromeó, una sonrisa en sus labios mientras anticipaba el día aventurero, aunque cómicamente complicado, por delante.

CAPÍTULO 25

CONFRATERNIZACIÓN

Jenn fue la última en subir al autobús, el tenue resplandor del letrero de neón del hotel parpadeando en la oscuridad del amanecer. A las tres de la mañana, el aire estaba cargado de somnolencia, el agotamiento colectivo del grupo era palpable. Nadie anhelaba conversación o bocadillos; solo buscaban el consuelo del sueño durante el viaje de una hora al aeropuerto. Viajar de Quito a las Galápagos requería un comienzo muy temprano.

Encontrando el último asiento vacío, Jenn se acomodó junto a Toni, la astuta abogada de Nueva York.

Se preparó para un interrogatorio sobre Joe y Christie, pero la fortuna estaba de su lado: la abogada ya se estaba rindiendo al sueño, con la cabeza inclinada hacia atrás contra el reposacabezas.

Jenn también se recostó, su cuerpo relajándose mientras el autobús zumbaba a lo largo. Esta semana había sido un torbellino de actividades, y hoy era un breve respiro antes de que la tormenta se reanudara.

Un sobresalto de un sueño—Castillo exigiendo respuestas—despertó a Jenn. Parpadeó en la oscuridad; el autobús estaba en silencio, salvo por la suave y rítmica respiración de sus compañeros. Solo habían pasado unos minutos, pero sus instintos de detective ya estaban volviendo a la vida.

Su mirada se desvió hacia el suelo, posándose en el bolso de día de Toni, anidado entre sus asientos. La curiosidad de una detective nunca descansa. Asegurándose de que Toni aún estuviera perdida en el sueño, Jenn enganchó furtivamente el bolso con su pie, acercándolo. Bajo el pretexto de ajustar su asiento, lentamente abrió la cremallera del bolso, el sonido casi imperceptible.

Jenn colocó su chaqueta sobre su falda y el bolso, sus dedos explorando delicadamente el contenido. Descifró las formas en la oscuridad: ropa en la parte superior, probablemente un cambio para el día, y debajo de eso, los bordes inconfundibles de un libro o cuaderno. Pero más abajo, sus dedos rozaron algo inesperado, pero familiar. El toque de los bordes de papel nítido—montones de ellos—le dijeron todo lo que necesitaba saber.

Retirando su mano, cuidadosamente empujó el bolso de nuevo a su lugar original. Jenn conocía bien la sensación de fajos de dinero en efectivo; esos eran sin duda ladrillos de billetes de cien dólares. Por su estimación, Toni estaba transportando al menos $80.000. ¿Qué tipo de vacaciones requerían esa cantidad de dinero?

Sacando su teléfono, Jenn envió un mensaje a Castillo con sus hallazgos, su mente corriendo con las implicaciones. Se recostó, ahora con los ojos bien abiertos. Descansar era imposible con las ruedas de su mente girando; un asesino y una mula de dinero en efectivo estaban a bordo, y ella estaba en medio de ellos.

El autobús avanzaba; sus ocupantes ajenos a las maquinaciones silenciosas de la detective.

Cuando amaneció y el autobús se acercó al aeropuerto, las luces interiores parpadearon. La voz de Patricio crujió a través del intercomunicador, "Buenos días a todos. Estaremos desembarcando en breve. Por favor, asegúrense de tener todas sus pertenencias."

Toni despertó, su mirada afilada y calculadora mientras fijaba a Jenn con una mirada sospechosa. "¿Qué haces aquí? Sé quién eres realmente," acusó, y su voz era baja pero feroz.

Jenn devolvió la mirada con una sonrisa tranquila. "Tus clientes están fuera de peligro. Ya no te necesitarán."

"Sigo siendo su abogada. No hables con ellos al menos que yo esté presente," espetó Toni, aferrándose a su fachada profesional.

Jenn simplemente asintió, despreocupada por el argumento legal de la americana.

Mover a todo el grupo por un aeropuerto se había vuelto rutinario en este momento. Todos sabían su papel, esperando que su anfitrión y guías proporcionaran boletos e instrucciones a través del laberinto de seguridad. Una vez que todos estuvieron a bordo del avión y rumbo a las Islas Galápagos, Jenn buscó a Carlos, necesitando desahogarse con él para ayudar a armar más piezas del rompecabezas.

Carlos la saludó con una sonrisa, su portátil abierto a una serie de fotografías. "Mira estas tomas. Patricio piensa que son dignas de revista," presumió ligeramente, desplazándose a través de las imágenes.

Jenn lo detuvo mientras las fotos pasaban. "Espera, ¿cómo tienes estas fotos de la recepción de apertura? No éramos parte del grupo aún," cuestionó agudamente.

"Oh, Allen y yo intercambiamos carpetas. Ahora, ambos tenemos un conjunto completo," explicó Carlos, inconsciente a la creciente sospecha de Jenn.

Mientras revisaban las fotos, algunas tomas de la cena de inauguración captaron la atención de Jenn. En el fondo, la elegancia de los ejecutivos de Aspire Oil contrastaba marcadamente con la vestimenta casual de los corredores. Algunos corredores, como Karen la veterinaria y Tatyana, se mezclaban con las figuras bien vestidas.

Jenn se inclinó, sus ojos entrecerrándose mientras armaba las inusuales interacciones. "Entonces, los dos grupos se mezclaron esa noche. Tal vez solo por unos minutos, pero el tiempo suficiente," murmuró, su mente corriendo con las implicaciones de esta conexión inesperada.

CAPÍTULO 26

UN PAÍS DE MARAVILLAS ECUATORIAL

La emoción de Tatyana era palpable mientras señalaba frenéticamente hacia las aguas cristalinas. "¡Pingüinos a la derecha!" gritó; su voz impregnada de asombro.

El grupo, olvidando momentáneamente su fatiga de innumerables traslados desde que dejaron Quito, se dirigió en masa al lado de estribor del barco-taxi. Les recibió la asombrosa visión de pingüinos lanzándose por las aguas ecuatoriales, un espectáculo encantador en las Islas Galápagos.

"Tortuga," anunció Carlos, inclinándose precariamente sobre el borde del barco para capturar el momento con su cámara.

A medida que el barco se acercaba a la Isla Isabela, el grupo fue tratado con un desfile de biodiversidad. El puerto de entrada era modesto: una simple plataforma de madera conectada a la orilla por un par de pasarelas desgastadas. Sin embargo, las aguas circundantes estaban llenas de vida. Los leones marinos jugueteaban cerca, mientras que iguanas nadadoras y rayas águila se deslizaban bajo la superficie, y un delfín solitario se arqueó con elegancia antes de desaparecer en las profundidades azules.

La abundancia natural de la Isla Isabela era un tributo viviente a los exploradores que habían documentado sus maravillas a lo largo de los siglos, desde los primeros aventureros españoles hasta Charles Darwin, su visitante más ilustre.

Al atracar, Jenn permaneció vigilante, sus responsabilidades de detective se mezclaban con su admiración por el entorno. Se mantuvo cerca de Patricio, lista para recibir instrucciones, pero su mirada frecuentemente recorría al grupo. Karen había bajado rápidamente a tierra, Toni se quedó en el barco, y Jarrod, inusualmente, ayudaba con el equipaje, una tarea típicamente reservada para el personal.

Zuri reunió a todos en el muelle. "Es un corto paseo por este camino hasta nuestro resort," indicó. "Nos encontraremos allí para las instrucciones y asignaciones de habitaciones. Una vez que estén acomodados, siéntanse libres de volver aquí para hacer esnórquel en la cala pública."

Jarrod, intrigado por la perspectiva de hacer esnórquel, preguntó rápidamente, "¿Dónde?"

"Justo al otro lado del agua." Zuri señaló hacia una pintoresca cala justo más allá del área de acoplamiento. "Estarán nadando con todas las criaturas que vimos en nuestro camino. Ya hemos coordinado para que el equipo de esnórquel esté esperando por ustedes en sus habitaciones."

La promesa de tan cercanos encuentros con la vida silvestre alimentó el entusiasmo del grupo mientras se dirigían al resort, conversando excitadamente sobre sus planes.

La atención de Jenn cambió cuando sonó su teléfono, la primera vez que tenía señal desde que dejó la ciudad. "Hola, jefe," contestó, apartándose mientras los otros miembros del grupo pasaban.

Castillo no perdió un momento. "Revisé a tu abogada. Entró al país con una visa de trabajo, luego se registró en el Banco Central del Ecuador como mensajera certificada."

Jenn frunció el ceño, desconocía el término. "¿Qué significa eso?"

"Significa que puede transportar y entregar legalmente sumas considerables de dinero. Su certificado cubre hasta cien mil dólares. No está contrabandeando; recogió el dinero en el Banco Pichincha en Quito. Todo en dólares estadounidenses."

"¿Y puede andar con eso en una mochila?"

"Sí, pero no puede sacarlo del país."

La frustración tintó la voz de Jenn. "Entonces, ¿de quién es el dinero? ¿Y a quién se lo está entregando?"

"Los bancos no comparten esa información, ni siquiera con nosotros. No es ilegal, pero es una coincidencia extraña, ¿verdad?"

Después de la llamada, Jenn se quedó atrás del grupo, su mente girando con las implicaciones del papel de Toni. Acercándose a Jack Hunter, le preguntó en voz baja, "¿Alguna vez te han contratado como mensajero certificado para dinero?"

La respuesta de Jack fue cautelosa. "Claro. Es uno de los servicios que ofrezco. ¿Por qué preguntas?"

"¿Y no estás trabajando como mensajero ahora mismo?"

"Bueno, sería estúpido de mi parte decir que sí a esa pregunta, ¿no crees?" Su tono era evasivo. Añadió, "pero si lo fuera, ni siquiera habría admitido que sabía lo que es un mensajero."

"Gracias. Solo tenía curiosidad." Jenn asintió, almacenando la información para más tarde.

Después del registro de habitaciones, Jenn decidió sumergirse en la belleza natural que el grupo estaba tan ansioso por explorar. Vestida con un traje de baño y sandalias, regresó al muelle donde Tatyana ya esperaba con entusiasmo contagioso. "Esta es la parte más emocionante del viaje. No puedes ver algunos de estos animales en ningún otro lugar. Tienes mucha suerte de tener tan fácil acceso a ellos."

Jenn estuvo de acuerdo, "Incluso los ciudadanos ecuatorianos están encantados con este lugar. Solo he estado aquí una vez antes."

El ánimo de Tatyana se oscureció. "Tu país necesita proteger este ecosistema mejor de lo que están protegiendo el Amazonas. El gran petróleo y el gran transporte marítimo destruirán toda esta belleza si lo permiten."

Al llegar a la plataforma de esnórquel, un grito llamó su atención. "¡Iguanas!" Una docena de grandes iguanas de escamas negras descansaban en la plataforma, sin ser perturbadas por los humanos que se movían a su alrededor. Una, molesta, se dirigió hacia el borde del agua y se deslizó, su cuerpo ondulando con facilidad.

"¡Dios mío!" exclamó Tatyana, saltando al agua tras la iguana, con su máscara ajustada firmemente a su rostro.

El resto de la tarde fue una sinfonía de chapoteos y risas mientras el grupo nadaba junto a la asamblea única de vida silvestre de Galápagos. Los pingüinos se deslizaban por el agua con elegante rapidez, las tortugas surcaban el lecho marino, y las rayas proyectaban sombras en el fondo del océano, todo al alcance de la mano. Fue una rara comunión con la naturaleza, desarrollándose en el corazón de uno de los santuarios más venerados de la Tierra.

CAPÍTULO 27

ISLA DEL VOLCÁN

Al amanecer sobre las encantadas Islas Galápagos, el aire estaba cargado con el olor salado del Pacífico y la prometedora emoción del día. La natación casual del día anterior entre juguetones leones marinos y majestuosas rayas fue solo un prólogo a las aventuras orquestadas por Corredores Globales.

Reunidos en el punto de partida para el volcán Sierra Negra, el grupo escuchaba atentamente mientras Zuri delineaba los planes del día. Su voz se elevaba sobre el suave susurro del viento a través de la escasa vegetación.

"Hoy nos enfocamos en los volcanes que formaron estas islas únicas," comenzó, sus ojos brillando con la emoción de compartir esta maravilla natural. "Comenzamos con una carrera a lo largo del borde exterior de Sierra Negra. El sendero comienza en una exuberante finca de mangos situada cerca de la cumbre y desciende hasta la base, ofreciendo una ligera pendiente, pero aun exponiéndonos a los elementos."

El grupo, equipado con mochilas de hidratación y sombreros para el sol, asintió mientras Zuri enfatizaba la importancia de la hidratación. "Hace calor y humedad, con largos tramos bajo el sol directo. Todos deben llevar al menos dos litros de agua. Recuerden, hay un punto de recarga a cuatro millas, y tendremos bocadillos y más estaciones de hidratación esperando en la meta."

Con una última revisión para asegurarse de que todos estaban adecuadamente preparados, Zuri dio la señal de salida. Jenn, encargada hoy de las tareas de bocadillos y bebidas, observaba desde la línea lateral. Su mirada seguía a los corredores mientras desaparecían por el sendero. Sabiendo que este sendero estaba expuesto al sol ecuatorial, pensó que desearían las suaves lluvias y la cobertura de árboles del Amazonas, incluso con sus acompañantes pantanosos. Pero el calor y la humedad eran parte de experimentar todo lo que su país ofrecía.

Una hora más tarde, cuando el sol alcanzó su apogeo, los corredores comenzaron a emerger en la línea de meta, cada uno un testimonio del desafiante clima ecuatorial. "¡Uf! Eso definitivamente fue más caliente que la jungla," jadeó Dave, ahora buscando refugio en la sombra. "No hubo lluvia ni cobertura de árboles del sol en absoluto."

A medida que el grupo de finalistas crecía, el grupo se unió en su agotamiento, apoyándose mutuamente con agua y compartiendo el alivio en la frescura de la sombra reunida. Su camaradería era un rayo de esperanza en las duras condiciones que acababan de soportar.

El tiempo total varió de una hora para algunos y dos horas para otros. Cuando todos terminaron y se rejuvenecieron con sandía fresca, piña y abundante agua, era hora de seguir adelante.

Zuri anunció, "Estamos todos sucios y sudados, pero hemos tenido tiempo para recargar con bocadillos y agua. Nuestros camiones de transporte están esperando para llevarnos directamente al almuerzo en el Parque Natural Ceibo. Es una combinación de jardín, sitio de campamento y café. Comeremos algo de comida adecuada a la sombra y nos relajaremos un poco. Luego, partiremos a nuestra excursión de la tarde."

Después del almuerzo, el grupo se embarcó en una excursión en coche por la caldera del Sierra Negra, guiados por un guardabosques local. A medida que el terreno robusto se desplegaba ante ellos, aprendieron sobre la naturaleza temperamental del volcán. Hace apenas una década, una erupción obligó la evacuación de un pueblo cercano y puso en peligro a algunas de las icónicas tortugas de Galápagos. El guardabosques relató las dramáticas operaciones de rescate, donde helicópteros habían levantado a los animales enormes y en peligro de extinción a salvo. Salvaron a dos docenas de ellos, muchos con quemaduras de lava grabadas en sus gruesos caparazones. Lamentablemente, también contaron muchos más que murieron a causa de sus heridas. La población en el área todavía se estaba recuperando del incidente.

Jenn recordó las vívidas imágenes de estos eventos que había visto en la televisión. Aunque habían pasado años, las imágenes seguían frescas en su mente. La belleza de las Galápagos está inextricablemente ligada a sus orígenes volcánicos, una fuente tanto de creación como de destrucción, reflexionó.

Stella se paró al borde del volcán, mirando hacia la enorme caldera. "No es lo que esperaba. En las películas, miras hacia un pozo hirviente de lava que está a punto de dispararse en tu cara."

El guardabosques escuchaba comentarios como este a menudo. "Señorita, tenemos mucha suerte de que no se vea así ahora. El calor sería insoportable y los gases serían tóxicos. El volcán sigue activo, pero como la mayoría en el mundo, eso significa que erupciona una vez por década, o una vez por siglo. Preferiblemente el último. Como describí en nuestro camino aquí, Negra erupcionó por última vez en 2018. Pero eso fue menor comparado con siglos pasados." Señaló el borde opuesto del cono del volcán. Estaba a más de cinco millas de distancia. "Este cono es el más grande del mundo. La mayor parte no ha visto lava en siglos, por lo que ha tenido tiempo para que la vegetación recupere la superficie. Parece un valle entre crestas montañosas."

Moviendo su brazo para abarcar la mitad del horizonte, Dave preguntó, "Entonces, ¿toda esta enorme pieza cóncava fue una vez la fuente de una erupción de lava?"

"Sí, señor. Eso es lo que formó esta parte de Isla Isabela." Girando ligeramente, el guardabosques señaló un punto estéril en el suelo de la caldera. "¿Ven ese vapor que se eleva de esa área desnuda de tierra? Ese vapor es de lava fundida muy por debajo de la superficie. Es potencialmente donde surgirá la próxima erupción, pero también podría aparecer en cualquier lugar. Los volcanes son muy temperamentales y difíciles de predecir, como mi esposa." Todos se rieron del chiste.

Stella señaló el área estéril. "¿Qué son esos edificios allá abajo?"

"Esos son los restos de una mina de azufre. El azufre fue una exportación valiosa de la isla hasta la década de 1950. La mina fue cerrada cuando se volvió demasiado peligrosa para operar y el precio del azufre disminuyó. Hoy, obtenemos más ingresos mostrándola a los turistas de lo que obteníamos vendiendo el material."

El guardabosques se giró y señaló el horizonte detrás de ellos. "Si miran en la otra dirección, pueden ver los picos de dos volcanes más que contribuyeron a la creación de Isabela. Estos expulsaron suficiente lava en siglos pasados que crecieron de varias islas pequeñas y se fusionaron en la gran isla que es Isabela hoy."

Todos en el grupo estaban ocupados tomando fotos de las montañas volcánicas que se alzaban para encontrarse con las nubes que flotaban perezosamente sobre la isla.

SOSPECHOSA ACORRALADA

Cuando el sol se ocultaba bajo el horizonte, bañando el paisaje con un resplandor dorado, los pensamientos de Jenn se alejaron de las maravillas naturales del día y se centraron en la oscura tarea que tenía entre manos. Ahora que habían regresado a su resort, era hora de confrontar a su principal sospechosa en la inquietante investigación que había ensombrecido su viaje.

"Carlos, tú espera aquí afuera. Estoy segura de que no necesitaré ayuda, pero por si acaso." Su compañero se retiró a las sombras para esperar.

Se acercó a la cabaña de Karen justo cuando el cielo se tornaba de un profundo índigo. El golpe en la puerta fue respondido rápidamente, las cortinas se abrieron de golpe mientras la puerta se descorrió.

"Hola, Karen. ¿Puedo pasar?" El tono de Jenn era calmado, pero sus ojos eran agudos y observadores.

Karen, visiblemente nerviosa, retrocedió para permitir la entrada de la detective. "Ya expliqué que todas las drogas son solo para los animales," soltó, y Jenn pudo notar que su voz estaba teñida de ansiedad.

"Pero eso no es completamente cierto, ¿verdad?" La pregunta de Jenn quedó en el aire mientras se acercaba al bolso de día de Karen, dejado descuidadamente junto a la puerta.

"¿Qué quieres decir? Tú viste las botellas."

"Vi las que querías que viera. Pero no hicimos una búsqueda exhaustiva, ¿verdad?" Dándole la vuelta al bolso, Jenn buscó una cremallera alrededor del fondo, una que la mayoría de los usuarios rara vez usaban. "¿Qué hay en el bolsillo inferior de tu bolso?"

"¿Qué? Nada. Ni siquiera sabía que eso estaba en el bolso." Karen se había puesto visiblemente agitada.

Jenn abrió la cremallera como lo había hecho durante su búsqueda en el autobús varios días antes. Al meter la mano, sus dedos encontraron lo que estaba buscando. Extrajo la botella y la sostuvo con una mirada cuestionadora hacia su sospechosa.

"Entonces, ¿qué hace esto aquí dentro?" Mirando la botella, Jenn continuó. "Aquí dice 'insulina' en la etiqueta. ¿Para qué necesitaría un veterinario insulina en Ecuador? ¿Esperabas encontrar perros diabéticos?"

"¡Eso no es mío! No sé cómo llegó allí." Los ojos de Karen estaban llenos de miedo.

Jenn no sabía qué esperar de una veterinaria acorralada, pero tenía mucha experiencia sometiendo a hombres grandes y estaba segura de que podría manejar cualquier cosa que esta mujer pudiera intentar.

Sosteniendo la botella a la luz, Jenn continuó. "Y puedo ver que ya se ha usado más de la mitad del líquido. Alguien recibió una dosis muy grande. Tal vez una dosis letal." Miró a la otra mujer, esperando que se quebrara.

"¡No! ¡No fui yo! Eso no es parte de mi equipo," protestó Karen.

"Puedes explicar eso a los federales cuando lleguen. Estarán aquí pronto para llevarte de vuelta a Quito. Encontrarás la cárcel de la isla bastante primitiva hasta entonces."

Lágrimas corrían por las mejillas de la mujer. "¡No! Solo quería ayudar a unos pocos animales. No traje insulina conmigo. Esa botella ni siquiera es para animales. No puedo conseguir eso en mi práctica. Esa es solo para humanos."

"¿Cómo puedes distinguir la diferencia?" preguntó Jenn.

"Es demasiado grande. Los perros no reciben tanto producto. Además, no es de mi proveedor. Solo compara las etiquetas. No es mía," suplicó Karen.

Jenn decidió que necesitaba todas las drogas como evidencia de todas formas, así que dijo, "Muéstrame."

Karen fue rápida en producir la caja de frascos que Jenn había visto tantos días atrás. "Mira, todos mis suministros están etiquetados 'Animal Pharmetic.' Y dicen 'Solo para uso veterinario.'" Señalando la insulina, Karen preguntó, "¿Qué dice esa botella?"

Jenn examinó la etiqueta. "Southwest Pharmaceutical Industries. Es de Phoenix, Arizona." Jenn levantó la vista.

"Soy de Carolina del Norte, al otro lado del país. No podría pedirles a ellos incluso si quisiera." Entonces una realización pasó por la cara de Karen. "Esa es la compañía para la que trabaja Tatyana. Esa es suya, no mía. Ella debe haberla plantado en mi bolso." Por primera vez desde que Jenn había entrado, Karen sonaba como si hubiera encontrado un rayo de esperanza. "Sí. Esa es de ella. Ve y pregúntale para quién trabaja. Verás."

Jenn había escuchado a muchos criminales explicar por qué las drogas que llevaban no les pertenecían. La historia de Karen no sonaba así. Sonaba verdadera. Ayudaba el hecho de que Jenn no necesitaba preguntar para quién trabajaba Tatyana. Ella había visto la chaqueta impermeable de la mujer con el logo de Southwest Pharmacy estampado en ella.

Jenn miró a su sospechosa a los ojos y dijo, "Podría creerte. Así que, te voy a dar una opción. Puedes pasar la noche en la cárcel, o puedes darme tu pasaporte hasta que pueda aclarar esto."

Jenn salió de la habitación con el pasaporte de Karen en su bolsillo. Saludando a Carlos, dijo, "Vamos, necesitamos encontrar a Tatyana."

CAPÍTULO 29

ENTRE LOS PIQUEROS PATIAZULES

Jenn y Carlos dejaron las oscuras sombras de la habitación de Karen y navegaron por la pasarela de madera hacia los aposentos de Tatyana. Ella golpeó en la puerta de vidrio, pero no obtuvo respuesta. Mirando a través del vidrio, Jenn pudo ver un caótico desorden de ropa y zapatos, evidencia de habitabilidad, pero la habitación estaba desierta.

Probando las cervezas únicas de la isla, sin duda, pensó Jenn, recordando la famosa cervecería local de la isla, donde la tripulación a menudo se reunía. Consideró esperar, pero desechó la idea. Tatyana podría tardar horas. Tendría que esperar hasta mañana. Con el océano rodeándolos, no había escape de la isla.

La ausencia de Tatyana en el desayuno aumentó las preocupaciones de Jenn. ¿Había sentido su presa el peligro y desaparecido? Jenn se acercó a Zuri, su voz teñida de preocupación cuando dijo, "Zuri, no he visto a Tatyana desde anoche. ¿Está todo bien con ella?"

La risa de Zuri cortó el aire de la mañana, ligera y despreocupada. "Oh, ella estaba más que bien anoche. Todos estábamos en la cervecería y ella estuvo bailando toda la noche. Todavía estaba allí cuando me fui."

"¿Y se unirá a nosotros para el viaje de hoy?"

"Absolutamente," confirmó Zuri con un asentimiento, y sus ojos brillaban. "No se lo perdería por nada del mundo."

Zuri luego se dirigió al grupo, su voz llevada por la suave brisa marina. "Hoy, exploraremos los antiguos tubos de lava y los acantilados sobre ellos. Es un refugio para los piqueros patiazules. ¡Así que pónganse zapatos resistentes y trajes de baño!"

Mientras los miembros del personal se congregaban, listos para la aventura del día, Jenn sentía emoción y frustración. Tatyana estaba conspicuamente ausente del grupo que se dirigía al muelle. Jenn se preguntaba, '¿alguien le habrá advertido?'

En el muelle, Jenn pidió la ayuda de Carlos, su cámara siempre lista a su lado. "Carlos, mantén un ojo en Tatyana. Necesito confrontarla hoy, posiblemente incluso entregarla a las autoridades locales."

Carlos, siempre observador, apuntó su cámara hacia un bote de esnórquel y capturó una instantánea. "¿Te refieres a, como ya en ese bote de allí?"

La mirada de Jenn siguió la dirección de su lente. Allí estaba ella, Tatyana abordando la embarcación, guardando su bolsa, lista para el día. Jenn se apresuró a unirse, pero el guía de buceo la detuvo. "Lo siento, señorita, este bote está lleno. Usted estará en el próximo. No se preocupe, todos tendrán igual tiempo en el agua." Su sonrisa era tranquilizadora, pero Jenn estaba planeando su próximo movimiento.

A través del agua, Tatyana atrapó la mirada de Jenn y saludó, una sonrisa extendiéndose por su rostro. "Esto va a ser increíble," llamó antes de girarse hacia sus compañeros.

El viaje al sitio de esnórquel involucró tres botes, tejiendo un camino a través de las aguas azules. Se desviaron alrededor de la Roca del Piquero Patiazul, un santuario para aves anidando y leones marinos tomando el sol, para el placer de todos los que tomaban fotos.

Al llegar a las costas rugosas de lava, el guía los informó. "Comenzaremos en las rocas. Cuídense al caminar y mantengan sus cámaras listas para los piqueros y los cactus. Más tarde, nos encontraremos con las tortugas marinas en el agua."

El grupo se dispersó, ansioso por explorar. Jenn mantuvo sus ojos abiertos para Tatyana, eventualmente viéndola al otro lado de un precario puente de lava. Las rocas eran afiladas, amenazando con hacer tropezar a los desprevenidos con sus bordes filosos.

Alcanzando a su objetivo, Jenn confrontó a la otra mujer. "He estado buscándote."

Tatyana hizo un gesto grandioso hacia su alrededor. "Y aquí estoy, en este lugar impresionante."

Jenn fue directo al grano. "Encontré una botella de insulina farmacéutica de tu compañía. ¿Qué sabes sobre eso?"

"Ninguna droga conmigo. ¿Dónde encontraste eso, detective?" El tono de Tatyana era frío, su mirada firme.

Jenn parpadeó, sorprendida. "¿Lo sabías? ¿Cómo?"

"La gente habla cuando bebe. Yo escucho." La sonrisa de Tatyana era leve pero reveladora. "¿Por qué una detective de Quito nos está siguiendo?"

"Sabes por qué. Estoy buscando a la persona que administró una dosis fatal de insulina a Emilio Ortega. ¿Quizás una pelirroja alta rusa que captó su atención?"

Tatyana se burló. "¿Por qué querría matarlo? Solo estoy aquí de vacaciones."

"Pero sabías sobre la perforación petrolera en el Amazonas. No podías detenerlo, pero podías vengarte de aquellos que destruían el ambiente que aprecias," presionó Jenn.

"Creativa, pero equivocada," replicó Tatyana, inquebrantable ante la acusación.

"Podrías haberte salido con la tuya si hubieras desechado la botella, en lugar de intentar incriminar a una veterinaria," terminó Jenn. Su voz se endureció al saber que casi cayó en la trampa y arrestó a la mujer equivocada.

"Sí, supongo que eso fue ir demasiado lejos. Pero cuando Karen dijo que tenía suministros para tratar a los pobres animales aquí, la idea simplemente surgió en mi cabeza." La expresión de Tatyana cambió sutilmente, de diversión a una leve inquietud. "Parece que me has descubierto. ¿Y ahora qué? ¿Vas a arrestarme en estas costas rocosas?"

Jenn se sorprendió por la fácil confesión que acababa de escuchar, pero no quería dejar lugar a dudas de que Tatyana era culpable. "Y luego seguiste asfixiándolo para asegurarte de que estaba muerto."

Tatyana parecía sorprendida. "No. Ahí, te equivocas. Persuadir al señor Ortega para que subiera rápidamente a su habitación fue fácil. Cualquiera podría haberlo hecho. Tú podrías haberlo hecho. Una vez allí, un rápido pinchazo en el muslo, y terminé. Esperé lo suficiente para que la droga lo desorientara y no pudiera pedir ayuda, luego me fui. Tenía que volver a la cena de inauguración."

"¿Y me estás confesando todo esto?"

"¿Qué puedes hacer aquí? ¿Tienes una pistola y esposas escondidas en ese pequeño traje de baño tuyo? No lo creo." Tatyana se rió de la impotencia de la detective solitaria de pie en rocas de lava en el océano. "Disfrutemos de la naturaleza, cariño. No tienes ningún poder o autoridad aquí." Con eso, la asesina confesada se alejó para fotografiar piqueros patiazules.

Después de una hora de exploración, el guía llamó, "Todos de vuelta a los botes. ¡Nos estamos moviendo a nuestro lugar de esnórquel!"

Mientras abordaban sus botes separados, Tatyana saludó a Jenn a través del agua que las separaba. Esta vez, fue menos amistoso y más burlón.

La detective preocupada porque su presa era demasiado confiada. Era cierto, Jenn no podía hacer mucho aquí. Pero una vez de regreso en la ciudad, podría fácilmente detener a la mujer con la ayuda de la policía local.

PERDIDOS

Las aguas frescas y refrescantes del Pacífico ecuatoriano envolvieron al grupo mientras se deslizaban por el costado del barco cerca de la Isla Isabela. Antes eran corredores, ahora se habían transformado en ávidos buceadores, sus cuerpos flotando en la clara y azulada extensión que se extendía debajo de ellos.

El paisaje submarino aquí era un santuario para tortugas, haciendo que los avistamientos fueran casi comunes. Cada buceador flotaba sobre el lecho marino, encantado por la vista de estas majestuosas criaturas. Sus movimientos lentos y gráciles pintaban un cuadro sereno mientras deambulaban por el rocoso fondo oceánico, alimentándose de las abundantes algas allí.

Antes de que comenzara este ballet acuático, su guía había establecido las reglas del lugar, o más bien, del mar. "La primera regla es, no toquen las tortugas. Este océano es un santuario nacional", había declarado firmemente. "La segunda regla, permanezcan juntos. Los tubos de lava a lo largo de la costa son un laberinto. Es fácil perderse. Tercero, regresen al barco en una hora". Sus últimas palabras, puntuadas con una sonrisa, fueron, "¡Ahora, mójense y diviértanse!"

Bajo su ojo vigilante, exploraron los hábitats clave mientras los guiaba de una congregación de tortugas bulliciosa a otra. Algunos de los buceadores más aventureros se aventuraron en los reinos sombríos de los tubos de lava, sus interiores esculpidos por antiguos flujos de roca fundida.

Stella se involucró en un suave baile submarino con una tortuga curiosa, imitando sus movimientos en una sincronización que se sentía casi coreografiada. Mientras tanto, Rogerio y Allen, equipados con cámaras impermeables, se adentraron en las cavernas tenuemente iluminadas, capturando la belleza etérea de este mundo sumergido.

Sus exploraciones estaban llenas de asombro infantil, cada descubrimiento se encontraba con estallidos de emoción silenciosa. Fue Eva quien rompió el hechizo, su cabeza emergiendo mientras gritaba, "¡Manta raya!" Su voz atrajo la mirada del grupo mientras perseguía a la elegante criatura, sus brazadas fuertes y decididas.

En un rincón escondido, Allen encontró una maravilla diferente: un esqueleto de tortuga completo, sus huesos blanqueados por el tiempo, yaciendo en solemne reposo. La escena era sobria, conmovedora y extrañamente hermosa, los restos sin perturbar en su tumba natural. Respetando la gravedad del hallazgo, Allen filmó en silencio, eligiendo no perturbar la paz del último lugar de descanso del animal.

A medida que la hora asignada llegaba a su fin, un susurro de mensajes pasó entre los buceadores. Era hora de regresar al barco. Emergieron del agua, sus rostros iluminados con la emoción de sus encuentros.

"¿Cómo lo disfrutaron todos?" preguntó el guía mientras subían a bordo, empapados y exaltados.

"Hermoso", fue la respuesta unánime, una simple y profunda reflexión de su experiencia compartida.

Sin embargo, el ánimo cambió abruptamente cuando la voz de Oscar cortó la charla, llena de ansiedad. "¿Dónde está Eva? ¿Dónde está mi esposa?"

"Estoy seguro de que está aquí", lo tranquilizó el guía con voz calmada. "Tal vez regresó al barco equivocado. Voy a comunicarme por radio y verificar."

La tensión flotaba en el aire mientras los capitanes revisaban a sus pasajeros. Las siguientes palabras del guía llevaban un peso de preocupación. "Oscar, ella no está en ninguno de los barcos. Debe estar todavía entre las rocas. Es fácil perderse en el laberinto."

"Voy a regresar," declaró Oscar, ya alcanzando sus aletas.

"No, no, señor," intervino el guía. "No rescatamos de esa manera. Eso solo perderá a otro nadador. Conocemos muy bien estas rocas. El barco puede llevarnos a donde probablemente esté."

Hábilmente, el capitán navegó entre los peligrosos salientes rocosos. Finalmente, avistaron una embarcación privada con una figura solitaria saludando frenéticamente. A medida que se acercaban, la voz de Eva se escuchó sobre el agua, "¡Aquí! ¡Estoy aquí!"

El alivio inundó la voz de Oscar mientras se acercaban al barco. "Eva, ¿qué haces allí? Me asustaste muchísimo."

"¿Tú estabas asustado? ¿Qué hay de mí?" replicó Eva, su voz una mezcla de alivio y frustración. "Estaba completamente sola en este laberinto. Me subí a las rocas para buscarlos, pero no vi nada. Luego, apareció este barco y nadé hacia él."

Jenn, observando la reunión, sintió un escalofrío de inquietud, recordando la historia de Zuri sobre un corredor perdido en Costa Rica. Incluso las aventuras bien organizadas podían albergar riesgos.

Una vez que recuperaron a su nadadora perdida, los capitanes de los barcos contaron nuevamente a sus pasajeros e intercambiaron los resultados. Todos estaban contabilizados. Entonces Jenn escuchó el mensaje de radio de otro barco. "Uno de nuestros pasajeros se transfirió a una zodiac privada. Ha sido invitada al yate anclado más adelante."

De repente alarmada, Jenn preguntó, "Capitán, ¿quién se transfirió a la zodiac?"

Él repitió la pregunta por radio y le transmitió la respuesta. "Fue Tatyana. Dijo que se reuniría con nosotros en el pueblo más tarde," respondió el capitán, tratando de calmar su preocupación.

"¿Qué? ¡No! ¿Dónde?" Jenn no pudo ocultar su alarma mientras veía la zodiac dirigirse hacia el yate. "¿Cuál es el nombre de ese barco?"

Levantando los binoculares, el capitán respondió, "Es el Serendipity II. No te preocupes, parecía ser amiga de ellos. La traerán de regreso."

Frustrada y ansiosa, Jenn corrió bajo cubierta para encontrar su celular, pero no había señal en este remoto lado de la isla. Se hundió en la cubierta, con la cabeza entre las manos, abrumada por una sensación de impotencia mientras su presa escapaba de su alcance.

CAPÍTULO 31

ATACADA

Jenn regresó al resort, derrotada. Tenía al asesino en sus manos, pero había estado tan ansiosa por confrontar a Tatyana que había calculado mal la situación. En retrospectiva, sabía que debería haber esperado hasta tener a la mujer acorralada en su habitación, tal como había hecho con Karen.

Mientras todo el barco charlaba emocionadamente sobre su experiencia nadando con tortugas y Eva daba un relato detallado de su odisea a través de los tubos de lava, Jenn solo podía preocuparse por el horrible error que había cometido.

Encontrando a su compañera de cuarto enfurruñada, Zuri preguntó, "Jenn, anímate. Tuvimos un día fantástico. ¿Qué pasa?"

Los ojos de Jenn traicionaron un destello de la agitación interior. Estaba al borde de revelar su verdadera identidad, cansada de la farsa. Sin embargo, sus instintos profesionales prevalecieron. Disfrazó su decepción con una preocupación fingida. "Oh, lo siento. Solo estaba preocupada por Tatyana. Se fue en barco con unos desconocidos. ¿Y si son peligrosos? No sabemos quiénes son."

La mano de Zuri fue reconfortante sobre su hombro. "No los conocemos, pero ella los conocía. La oí llamar a alguien llamado Mike cuando se acercaba. Parecían viejos amigos."

"¿Cómo sabía él cuándo y dónde encontrarla?"

Zuri se encogió de hombros. "Supongo que ella le dijo el plan o lo llamó cuando terminó de bucear."

"No había señal de celular allí. Yo también intenté llamar a alguien."

"Todo estará bien. Ya verás. Estará en la cena esta noche," le aseguró Zuri, y luego añadió con un suspiro caprichoso, "Solo desearía que algún dueño de yate rico me hubiera invitado a almorzar en su barco." Después de una breve pausa, dijo, "Bueno, eso suena un poco sospechoso cuando lo digo yo misma."

Mientras se acercaban al muelle, Jenn se excusó con un murmullo, dirigiéndose directamente al bar del resort. Necesitaba un alivio del temor de informar esta noticia a Castillo.

Zuri estaba ocupada planificando la carrera de la tarde cuando Jenn regresó a su habitación compartida. Corrió la puerta y entró en el refrescante aire acondicionado.

Hubo un sonido de pasos y un destello de movimiento a su derecha. Su entrenamiento policial se activó, y se agachó mientras simultáneamente levantaba un brazo para bloquear. Colisionó con el antebrazo de un atacante. Jenn giró bajo el antebrazo de la persona y golpeó hacia donde debería estar un cuerpo. Su puño conectó con el abdomen blando de alguien pequeño.

Hubo un audible "uuuff", cuando el golpe obligó al atacante a retroceder un paso.

La distancia permitió a Jenn enderezarse y enfrentar al extraño. "¡Alice! ¿Qué estás haciendo?" Jenn estaba incrédula al encontrar a la pequeña mujer enfrentándola.

Alice sonrió burlonamente y respondió, "Solo hago mi trabajo." Volvió a lanzarse, y esta vez, Jenn pudo ver que tenía un largo dardo en la mano. Su mente recordó los dardos que golpearon su puerta en la hacienda. Esta vez, no tenía dudas sobre si la punta estaba envenenada.

Jenn desvió el golpe y se movió de lado. Intentó golpear a la mujer de nuevo mientras su peso la llevaba hacia adelante. Sin embargo, Alice también era una luchadora entrenada. Al darse cuenta de que su dardo no daba en el blanco, hizo un puño apretado y dio un golpe de al revés al costado de la cabeza de Jenn.

Tambaleándose, las dos combatientes se enfrentaron de nuevo. Los oídos de Jenn zumbaban, pero se dio cuenta de que no podía ganar esta pelea a la defensiva, especialmente contra un dardo envenenado. Eventualmente, la punta la alcanzaría. Se lanzó hacia adelante y abajo, usando su peso para empujar a Alice hacia atrás mientras su mano subía para ganar control de la muñeca con el dardo.

Ambas mujeres cayeron al suelo en una maraña. Jenn mantuvo su agarre en la muñeca de la otra. Ambas movían sus piernas, tratando de atrapar a la otra, para ganar ventaja controlando el cuerpo de su oponente. Jenn podía decir que Alice estaba al menos tan bien entrenada como ella.

Después de unos momentos de retorcerse y patear salvajemente, Jenn rodeó el torso de Alice con sus piernas, dándole algo de control. Pero Jenn terminó en el suelo con la otra mujer encima de ella, aun tratando de clavar el dardo.

Casi simultáneamente, ambas pensaron en golpear con su mano libre. Jenn empujó con la palma de su mano alta, conectando debajo de la mandíbula de Alice. Alice golpeó bajo, conectando con el abdomen de Jenn y sacándole el aire de los pulmones.

Jenn sabía por el sonido de los dientes chocando que su golpe había aturdido a la otra mujer. Pero la propia pérdida de aire de Jenn en esta etapa agotadora de la pelea estaba debilitando la capacidad de sus músculos para resistir.

En ese momento crítico, una fortaleza de músculos apareció detrás de Alice y agarró su mano con un agarre de acero. Jarrod levantó a la mujer del suelo, la abofeteó con fuerza en el costado de la cabeza y la envolvió en un abrazo que detuvo todo movimiento.

Liberada de su atacante, Jenn se levantó y evaluó la situación. Usando ambas manos, arrancó el dardo del puño de Alice y lo arrojó a la esquina.

"Gracias a Dios, Jarrod. Casi me tenía," dijo Jenn.

"Te tenía totalmente," gruñó Alice con veneno, con desafío en sus ojos.

"¿Qué diablos está pasando aquí?" La voz de Jarrod transmitía tanto ira como confusión.

Jenn respondió, "Realmente no lo sé. Pero si puedes retenerla, llamaré a la policía de la isla para que se encargue de ella."

Alice respondió, "Hunter, ¿por qué te pones de su lado? Tal vez yo soy la que necesita protección."

"Umm, porque tú tenías el dardo, esta es la habitación de Jenn, y ella es policía," respondió Jarrod sin rodeos.

Alice escupió a Jenn y luego se relajó. Se quedó en silencio, aceptando su destino... por ahora. En voz baja, murmuró, "Y no tenías que golpearme tan fuerte."

Cuando llegó la policía local, Jenn se identificó como detective de Quito y explicó que estaba trabajando con los federales en un caso de asesinato. Luego resumió brevemente el ataque. Jarrod confirmó su historia.

Los locales esposaron a Alice y la llevaron a la pequeña estación del pueblo con una sola celda de cárcel. Jenn prometió seguirlos tan pronto como informara a sus propios superiores.

"¿De qué se trataba todo eso?" preguntó Jarrod.

"Dijo que solo estaba haciendo su trabajo. ¿Eso la convierte en una asesina profesional? Estoy trabajando en el asesinato de Emilio Ortega, el director general de Aspire Oil. Debe estar relacionada con eso." La mente de Jenn comenzaba a funcionar de nuevo. Recordó que Tatyana había confesado la inyección de insulina, pero la rusa había negado haber estrangulado a Ortega. ¿Podría Alice ser la estranguladora?

Luego miró a Jarrod con sorpresa. "¿Cómo llegaste justo a tiempo?"

"Ustedes dos estaban haciendo un alboroto, y podíamos escucharlo desde afuera. Cuando miré adentro, estaba claro que esto no era una pelea de amantes." Jarrod miró alrededor de la habitación y vio el dardo en la esquina. "Si estaba tratando de apuñalarte con eso, lo más probable es que esté envenenado." Recogió el dardo y se lo entregó.

"Tengo que informar esto y luego ir a interrogarla," dijo Jenn. "Tú deberías ir a la estación y dar una declaración formal también."

"Está bien, lo haré. ¿Pero puede esperar hasta después de la última carrera? Vamos a recorrer el pueblo y luego terminar con una milla a lo largo de la playa."

"¿Aún quieres correr después de todo eso?" Jenn estaba incrédula.

"Claro. Después de todo, esta es mis vacaciones. No es una tarea de trabajo para mí," se defendió Jarrod.

"Bien, entonces, después de la carrera. Necesito tiempo a solas con ella, de todos modos."

"¿No estarás en la línea de meta para darnos jugo y bocadillos?" Jarrod bromeó.

Jenn puso los ojos en blanco. "Haz mis disculpas a Patricio y Zuri. Creo que mis días de servicio de bocadillos han terminado, pero no les digas lo que pasó. Yo me encargaré de eso."

Jarrod asintió y se fue a preparar para la última carrera de las vacaciones.

CAPÍTULO 32

SOLO NEGOCIOS

En la costa soleada de la Isla Isabela, los Corredores Globales se reunieron fuera de su pintoresco resort junto al mar, marcando el inicio de su última carrera. La ruta era una mezcla pintoresca de cultura y naturaleza. Serpenteaba por las calles del pequeño pueblo, se desviaba por un camino de acceso arenoso y culminaba en un dramático final a lo largo de la costa.

Ausentes del grupo estaban Alice, confinada tras las rejas, y Tatyana, que había escapado al aislamiento de un lujoso yate, distanciándose del drama en tierra.

Mientras los corredores se preparaban en la línea de salida, el pueblo parecía abrazar la ocasión. Las calles estaban acordonadas con cinta de "No Cruzar", que ondeaba como serpentinas festivas con la brisa marina. Un coche patrulla estaba parado al frente del grupo, listo para escoltar al grupo por el pueblo. La energía era palpable. La comunidad se reunió para presenciar el espectáculo de más de treinta estadounidenses corriendo por su pueblo.

Cuando los corredores recibieron el tradicional, "¡Corredores Globales... ¡Adelante!», Jenn los siguió rápidamente por la calle. Estaba ansiosa por saber más sobre lo que había motivado el ataque violento de Alice. Estaba planificando sus preguntas para la entrevista.

"Hola, Detective Moreno." El capitán local de la estación la saludó. "Tenemos a su agresora en nuestra mejor celda." Señaló la única celda del edificio. Los crímenes en la isla rara vez requerían un estricto encarcelamiento.

"Gracias, Capitán. ¿Puedo hablar con ella?" Jenn preguntó, su tono profesional, pero con un toque de traición personal.

"Por supuesto," respondió el capitán antes de que él y otro oficial salieran discretamente para darle a Jenn algo de privacidad.

Dentro de la austera celda encalada, Alice estaba sentada en un catre escaso, su actitud calmada, pero inescrutable. "Alice, me sorprendiste," comenzó Jenn, el peso de sus palabras pesado en el aire.

"Esa era la idea," replicó Alice. Su voz era firme, sin traicionar emoción alguna.

"Emilio Ortega está muerto. El examinador médico dijo que fue estrangulado suave y profesionalmente. Solo dos pulgares en las arterias carótidas para detener el flujo de sangre al cerebro. Es mortal en minutos." Jenn omitió la información sobre Tatyana y la insulina, esperando que Alice revelara detalles sobre su cómplice.

Alice asintió, pero no dijo nada.

"Pero hay algunos misterios que deben aclararse."

"Probablemente más de unos pocos," desafió Alice.

"Probablemente. Parece que en realidad eres una asesina profesional a sueldo. Me cuesta mucho creerlo."

"¿Por qué? ¿Porque soy mujer? ¿Porque soy pequeña?" desafió Alice.

"Sí, esas cosas son factores. Pero también, has sido tan amable... bueno, hasta que intentaste apuñalarme."

Alice se encogió de hombros.

Jenn continuó, "Así que, suponemos que no tuviste dificultad para abrir la puerta de su hotel. Es parte de tu conjunto de habilidades profesionales. Una vez dentro, lo encontraste en una situación extraña." Jenn hizo una pausa para ver una reacción.

Alice permaneció en silencio.

"Ortega estaba completamente vestido con su esmoquin formal. Pero estaba bajo la ducha. Estaba desorientado y quizás sobrecalentado." Jenn hizo una pausa de nuevo.

"¿Cómo supiste eso?" Alice finalmente habló, una chispa de sorpresa cruzando sus rasgos.

Esta vez, Jenn ignoró la pregunta. "Entonces, en lugar de usar tus formidables habilidades para incapacitarlo o seducirlo, encontraste un objetivo mucho más fácil. Tal vez en realidad lo apoyaste y lo consolaste. Pero luego, colocaste un pulgar en cada arteria. No te peleó en absoluto. Simplemente se desmayó. Todo lo que tuviste que hacer fue mantener la presión durante unos minutos, y el trabajo estaba hecho. Luego saliste y regresaste a la fiesta." Jenn dejó de hablar. Esperó en silencio.

"¿Cómo descubriste todo eso? Nadie más estaba en la habitación."

"La ley ecuatoriana no es tan tonta como aparentemente crees que somos. Tenemos forenses igual que los estadounidenses." Jenn se volvió, como si no estuviera interesada en la mujer.

Alice respondió, "Tal vez los tengan."

Jenn volvió su mirada hacia la asesina. "¿Cómo supiste que él estaría en la habitación?"

Alice se rió. "Fácil. Vi a Tatyana coqueteando con él. Una persona ciega podría adivinar cómo iba a terminar eso. Así que, los seguí hasta su habitación y esperé en el pasillo. Cuando terminaron con su pequeño encuentro, ella se fue, pero él se quedó adentro. Así de fácil."

"¿Pero por qué? Claramente, eres una profesional. Alguien te contrató para matarlo. ¿Quién lo quería muerto lo suficiente como para llegar a todo este problema?"

"Como dices, soy una profesional. Los profesionales no divulgan detalles como ese. Uno no vive mucho tiempo si olvida esa regla."

"Quién te contrató no es importante para mí. Te tenemos, y eso es todo lo que le interesa a la policía de Quito. Si los federales quieren saber más, tendrán que hacer ese trabajo ellos mismos."

La mención de los federales visiblemente sacudió a Alice, revelando una grieta en su fachada compuesta. Jenn observó este cambio con una mezcla de satisfacción profesional y dolor personal.

Jenn podía ver la alarma en el rostro de la mujer. "Oh, sí, ¿no lo mencioné? Los federales estarán aquí por la mañana para recogerte. Los llamamos cuando las pistas comenzaron a encajar." Jenn no mencionó que el plan inicial era llevar a Karen bajo custodia.

"¡Bueno, mierda! Eso no estaba en mi plan."

"¿Tu plan involucraba sobornar a la policía local para que te dejaran ir?"

Alice permaneció en silencio.

Cambiando a un tono más personal, con dolor en su voz, Jenn dijo, "Alice, intentaste matarme. Pensé que éramos amigas. Nos lo pasamos tan bien en este viaje. Yo estoy..." La detective se quedó sin palabras. Finalmente, simplemente dijo, "dolida."

Alice respondió, "Me gustas, Jenn. No lo tomes como algo personal, son solo negocios."

Jenn sintió la frialdad helada de esa declaración. Realmente le dolió.

Al salir del edificio, encontró a Jarrod parado con los policías locales junto a su camioneta. Todavía estaba vestido con su ropa sudada de correr.

Al verla, Jarrod dijo, "Les he dado mi declaración. Estábamos discutiendo la carrera. Fue todo un evento. La gente salió a sus puertas y aceras para animarnos. Había cinta de policía en cada intersección."

Jenn todavía se estaba recuperando del shock de "son solo negocios." Tratando de parecer interesada, dijo, "Lo siento, me lo perdí. ¿Patricio preguntó dónde estaba?"

Mirando a los policías en busca de apoyo, Jarrod dijo, "Le dijimos que tuviste que llevar a Alice a la enfermería. Tenía intoxicación alimentaria." Los tres se echaron a reír con esta broma. Jenn no lo encontró gracioso.

"Oye, ¿quieres caminar de regreso? Hay una fiesta de llegada en la playa."

"Claro, solo un minuto." Jenn se volvió hacia los policías con una amenaza en sus ojos. "Los federales estarán aquí por la mañana para recogerla. Más vale que esté allí cuando lleguen."

Mirándose entre ellos, ambos oficiales asintieron, comprendiendo plenamente la gravedad de que agentes federales llegaran a su pequeña isla.

Caminando de regreso al resort de la playa, Jenn se preguntaba sobre el rescate que Jarrod había proporcionado. "Entonces, ¿todos pudieron escuchar el alboroto que ella y yo estábamos haciendo durante la pelea?"

"Ajá," confirmó Jarrod.

"Y, sin embargo, ¿eres el único que vino corriendo? No había nadie más en el patio cuando la pelea terminó. Me parece sospechoso." La detective miró al consultor de seguridad, ambos reconociendo la mentira que había sido descubierta.

"Bueno, tal vez no todos lo escucharon. Tal vez fui solo yo. Tal vez porque te estaba siguiendo."

"¿Y por qué harías eso?" Recordó la primera vez que Jarrod la había encontrado en su cabaña en el Amazonas y había mencionado inmediatamente a su esposa. Sabía que no era por interés romántico.

Reconociendo que estaba atrapado, Jarrod dijo, "El Capitán Adriane Castillo. Después de nuestro pequeño intercambio sobre los explosivos en el aeropuerto, Castillo me contrató para cuidarte."

"¿Te contrató? ¿Con dinero? ¿Con el salario de un policía?" Jenn sonaba incrédula. Tenía alguna idea de cuánto costaba un consultor de seguridad, y sabía que un policía no podía permitírselo.

"No con dinero. Si aceptaba protegerte durante la duración de este viaje, se aseguraría de que los federales no me detuvieran para interrogarme. Así que estás a salvo, y mis vacaciones no están arruinadas. Fue un trabajo bastante fácil hasta hoy. Ese dardo podría haberme alcanzado también."

Jenn le dio a Jarrod una mirada de reojo. No estaba segura de cómo se sentía acerca de este desarrollo. ¿Castillo no pensaba que podía manejar a un corredor convertido en asesino? Resultó que podría haber tenido razón. Finalmente, dijo, "Está bien, entonces. Gracias. Pero la hubiera derribado, eventualmente."

"Por supuesto que lo hubieras hecho." Luego, Jarrod señaló hacia la fiesta en la playa, y esa fue el fin de la conversación.

CAPÍTULO 33

ENTREGA FEDERAL

Jenn despertó con la luz dorada de la mañana tardía filtrándose a través de las cortinas transparentes de su habitación. Su cuerpo era un mapa de dolores y moretones, cada uno un vívido recordatorio de su violento encuentro con Alice la noche anterior. Aunque sus heridas físicas eran evidentes, era el agotamiento emocional lo que pesaba más sobre ella. La descarga de adrenalina de la pelea y la entrevista subsecuente la habían agotado.

Patricio había mostrado una profundidad de comprensión inesperada cuando ella pidió saltarse la excursión del día a la Isla Floriana. Había fingido un ataque del mismo tipo de intoxicación alimentaria que convenientemente había mantenido a Alice confinada en la enfermería. Su historia fabricada era un escudo necesario para proteger al grupo de la inquietante verdad de que habían estado en estrecho contacto con una asesina.

Jenn no estaba segura de cómo estaban manejando la desaparición de Tatyana, pero decidió que ahora ese era problema de Zuri.

Con esfuerzo, Jenn se despegó del cálido abrazo de su cama y se vistió meticulosamente para su reunión con los federales. Hoy no era un día para ropa casual de isla; la gravedad de su cita demandaba un vestimenta más formal.

El resto del grupo de viaje ya había partido, y se había perdido el desayuno comunitario. Sin embargo, la perspectiva del café rondaba en su mente mientras miraba su reloj; todavía tenía una hora libre.

Al salir de su habitación, el sol de la mañana tardía la saludó con su calor opresivo y la creciente humedad.

"Buenos días, dormilona," la voz de Jarrod flotó desde la hamaca colgada en el exuberante patio.

"¿Qué haces aquí? Se supone que debes estar en la excursión matutina," preguntó Jenn, frunciendo el ceño en confusión.

"Castillo me contrató para cuidarte, y no puedo hacer eso desde otra isla, ¿verdad? Si algo te pasara, él me entregaría a los federales," explicó Jarrod, su tono solo a medias serio.

Con una mirada a su reloj, cambió de tema. "Entonces, ¿cuál es el plan hasta que lleguen los federales?"

"Café. Tal vez desayuno. Todavía siento los efectos del 'entrenamiento' de ayer," respondió Jenn mientras tocaba un moretón sensible.

"¿Planeas ver a Alice de nuevo?" preguntó Jarrod, y había una pista de preocupación en su voz.

"No, gracias. Escuché todo lo que necesitaba," dijo Jenn, su voz plana, el recuerdo aún fresco y doloroso.

El dúo encontró un café pintoresco que aún servía desayuno. Mientras se acomodaban en una mesa en la acera, los ojos de Jenn atraparon inadvertidamente a Toni mirando en una tienda de ropa al otro lado de la calle.

"¿Qué hace ella aquí? ¿También se perdió el barco?" murmuró Jenn, más para sí misma que para Jarrod.

Jarrod siguió su mirada. "Escuché que le dijo a Zuri que se sentía demasiado cansada para el viaje. También mencionó algo sobre mareo."

"Todo es un poco demasiado conveniente, ¿no? Ella quedándose con nosotros... tú, yo, Alice," reflexionó Jenn en voz alta, sus sospechas filtrándose en su tono, pero lo dejó así.

Terminando su desayuno, Jenn anunció, "Las diez en punto. Hora de encontrarse con los federales en el muelle." Hizo un gesto para que él la siguiera.

Jarrod levantó una mano. "Yo no. Recuerda, mi trabajo es mantenerte a salvo. Mi pago no incluye reunirme con los federales. Estoy seguro de que estarás segura con ellos."

En el muelle público, un elegante hidroavión negro hizo un aterrizaje elegante en el agua, atrayendo la atención de una multitud que se reunía. Tomó algún tiempo para que los pasajeros se transfirieran al bote de la policía local y llegaran al muelle.

"Detective Moreno, siempre en medio de las cosas, ¿no?" El comandante que había liderado la redada en la instalación de Aspire Oil saludó a Jenn mientras desembarcaba.

"El mundo es pequeño, comandante. Tenemos a la asesina y su confesión," respondió Jenn, ansiosa por actualizarlo.

El Capitán Castillo fue el siguiente en bajar del bote, y su presencia fue una sorpresa. "Hola, Moreno. Trabajo impresionante. ¿Cómo te sientes después de la pelea de anoche?"

El conocimiento inesperado de su pelea con Alice sorprendió a Jenn, claramente Jack Hunter estaba haciendo su trabajo informando los detalles a su cliente.

El comandante no perdió tiempo, y Jenn agradeció no tener que responder. "Vamos a ver a nuestra sospechosa," dijo, liderando el camino hacia los vehículos proporcionados por la policía local, que estaban ansiosos por impresionar al equipo federal.

En la estación, Jenn detalló los eventos que llevaron a la captura. "Señor, creo que hubo dos personas involucradas. Tatyana administró la insulina, y Alice Lewis siguió con el estrangulamiento. Si colaboraron o actuaron por separado, no puedo estar segura."

El comandante llegó a su propia conclusión. "Entonces, según ambas confesiones, ¿Ortega estaba vivo cuando Alice lo encontró y muerto cuando ella lo dejó?"

"Sí, señor."

"Entonces eso la convierte en la asesina. Fin de la historia. La implicación de la otra mujer es incidental."

Jenn se sorprendió por su falta de interés en Tatyana. Miró a Castillo en busca de apoyo, pero él no mostró ninguna señal de intervenir.

El grupo luego se trasladó a las celdas. "Señorita Lewis, ahora está bajo custodia federal," anunció el comandante a Alice.

"Estoy lista. Vamos." Su prisionera sonaba enérgica, incluso feliz con el proceso. Volviéndose hacia Jenn, dijo, "Lo siento por haberte lastimado tanto anoche, pero podría haber sido peor para ti." Con una sonrisa, hizo un pequeño gesto de puñalada con su mano, trayendo recuerdos del dardo envenenado.

Todo el grupo volvió a subirse a los camiones y se dirigieron nuevamente a los muelles.

Cuando los oficiales federales sacaron a la americana esposada del camión, una pequeña multitud se reunió para ver la emoción. Se había corrido la voz de que había llegado un avión federal. Todos querían ver qué estaban haciendo allí.

Mientras la escena se desarrollaba, susurros de "americana" flotaban entre la multitud, señalando que sabían quién era la mujer. Jenn observó cómo llevaban a Alice, su corazón pesado con la satisfacción sombría pero entrelazado con hilos sin resolver sobre el papel de Tatyana.

Cuando el equipo subió al barco, el comandante se volvió hacia Castillo y Jenn. "Moreno, te quedas aquí. Termina el trabajo encubierto que has estado haciendo. Castillo, ¿y tú? ¿Te quedas o te vas?"

Sin dudarlo, respondió, "Me quedo."

"Bien. Disfruta de unos días de vacaciones." Luego, olvidándose de los detectives, giró la cabeza y escaneó la multitud en el muelle. Al ver a la persona que buscaba, sacó un llavero de su bolsillo y se dirigió hacia la multitud.

Jenn miró ella misma al grupo de personas. Vio hacia dónde se dirigía el comandante.

Llegando cara a cara con Toni, la abogada de Nueva York, el comandante le entregó el llavero. Ella levantó su teléfono y escaneó el pequeño token que colgaba de él, luego examinó la pantalla.

Confundida, Jenn observó cómo Toni asentía con aprobación y luego le entregaba al comandante su bolso de día. Era el mismo bolso que Jenn había registrado en el viaje en autobús al aeropuerto.

Aceptando el bolso, el comandante subió al bote taxi, y este partió hacia el hidroavión que esperaba.

Volviéndose hacia Castillo, Jenn preguntó, "¿Qué acaba de pasar allí?"

Levantando las cejas, su jefe solo dijo, "Claramente, algo de lo que no quieres ser parte."

Observando el bote mientras se alejaba rápidamente, Jenn pensó que podía ver al hombre grande entregando el bolso a una mujer pequeña, que ya no llevaba esposas.

Nuevamente, dirigiéndose a Castillo, dijo, "¿Qué diablos está pasando aquí?" Sin esperar una respuesta, se apresuró a alcanzar a Toni mientras caminaba de regreso al pueblo.

Al alcance del oído, Jenn gritó, "¡Toni, espera!"

La neoyorquina se volvió, reconociendo a Jenn por primera vez. "Hola, detective Moreno. ¿Qué haces aquí abajo? ¿Solo viendo la emoción?"

Jenn dijo, "Mira, sé que eres una mensajera registrada con el banco central, y sé que había $80.000 en ese bolso que acabas de entregar al federal."

"$100.000," corrigió Toni, sonando arrogante al hacerlo.

"Entonces, ¿ese era dinero de soborno para los federales? ¿O qué?"

"Detective, solo te digo esto para evitar cualquier idea que puedas tener sobre arrestarme. Si sabes que soy una mensajera, entonces sabes que el dinero se procesa legalmente aquí en Ecuador. No fue contrabandeado. No sé para qué es el dinero. Me dijeron que lo llevara conmigo. En algún momento, mi contacto me presentaría un llavero de iguana verde que tenía una etiqueta de rastreo adjunta. Escaneo la etiqueta. Si es el número correcto, entonces entrego el bolso. Tan simple como eso."

"¿Y no te pareció sospechoso que el intercambio se hiciera en el muelle público de una isla remota? ¿O que el destinatario fuera el comandante de una fuerza de trabajo federal?"

Toni se rió. "He hecho entregas mucho más extrañas que esa. Y no incluían unas vacaciones tropicales." Toni agitó la mano alrededor de su entorno.

Jenn estaba sin palabras. Seguir el rastro de un asesino mientras viajaban por el país había sido lo suficientemente desafiante. Ver desaparecer a ambos de sus sospechosos por barco, y presenciar una entrega de dinero, era más de lo que podía procesar en ese momento.

Hubo un toque en su hombro. Castillo dijo, "Vamos a almorzar y hablamos."

CAPÍTULO 34

COMPLETANDO EL ROMPECABEZAS

Jenn y Castillo encontraron un pequeño café para almorzar, atraídos por los informes de su deliciosa comida y precios razonables. Mientras esperaban sus comidas, los sonidos chisporroteantes y los aromas tentadores de pescado a la parrilla impregnaban el aire. Observaron al cocinero maniobrar hábilmente un pargo rojo en la enorme parrilla en el frente del área de comedor, con chispas que ocasionalmente volaban como pequeños fuegos artificiales.

"Jefe, esta investigación ha sido agotadora. No sé si tuve éxito o fracasé en este caso", confesó Jenn, frotándose las sienes mientras el cansancio nublaba su expresión.

"Oficialmente, es un éxito. Tenemos a un asesino confeso bajo custodia. La entregamos al sistema judicial. Ahora, nuestro trabajo está hecho", respondió Castillo, su voz firme, pero sus ojos traicionaban un pista de duda.

"¿De verdad? Mi cabeza aún está llena de piezas desordenadas", la voz de Jenn se quebró ligeramente, la frustración clara en sus cejas fruncidas y en la forma en que jugueteaba con la servilleta en su regazo.

Castillo la miró con preocupación. "Alice Lewis confesó haber estrangulado a Ortega. ¿Por qué haría eso en lugar de simplemente negar su participación?"

"No lo sé. Era como si se estuviera haciendo fanfarrias de ello. Después de eso, fue pan comido entregarla a los federales. No tuvimos que convencerlos para que se involucraran", Jenn sacudió la cabeza, recordando otros casos en casa donde la policía local necesitaba desesperadamente asistencia federal pero no la recibía.

"De hecho, no pudieron llegar lo suficientemente rápido cuando dijiste que tenías al asesino", murmuró Castillo y se recostó en su silla, luego se acarició pensativamente la barbilla.

"Y había una bolsa de dinero esperándolos cuando llegaron", añadió Jenn, su tono cargado de sarcasmo al recordar la escena.

"Sobre ese dinero. Pude hablar con un amigo en el Banco Pichincha. Me dijo que el dinero provenía de la cuenta de una firma de abogados en Quito. Específicamente, una firma que hace mucho trabajo para el gobierno."

"¿Qué rama del gobierno?", Jenn se inclinó hacia adelante, su interés despertado.

"Adivina quién es su cliente principal", ofreció Castillo, y una sonrisa irónica apareció en las comisuras de su boca.

La realización llegó a Jenn. "¿El ministerio del interior?"

"Exactamente. ¿Eso te abre la piñata?", Los ojos de Castillo brillaron con la intriga del misterio que se desarrollaba.

Justo entonces, una joven pequeña llegó con sus platos de comida. El pescado, fresco del océano, estaba acompañado por una variedad de vegetales de las granjas locales. La camarera colocó los platos frente a ellos con una sonrisa educada y se retiró.

La mente de Jenn corría mientras ensamblaba el complejo rompecabezas. "Bien, esto es una cadena larga de eventos, pero sígueme. Volviendo al principio, el ministerio del interior otorgó un contrato a Aspire Oil para explorar en el Amazonas. Luego, dado que esto es política ecuatoriana, asumamos que hubo un soborno para obtener ese contrato."

"Es una suposición segura", Castillo estuvo de acuerdo y asintió lentamente mientras seguía su lógica.

"Ahora, ¿y si el soborno no se pagó? O tal vez otra empresa ofreció un soborno mayor. Cualquiera de las dos funciona. El ministerio decidió cancelar el contrato con Aspire. O más bien, el propio ministro tomó esa decisión", Jenn hizo una pausa, su mirada distante mientras visualizaba el escenario.

"Aspire se enteró de la cancelación inminente. Entonces, tomaron algunos de sus explosivos ya en el país y contrataron a un contratista externo para entregar una bomba como mensaje a la casa del ministro. Tal vez querían intimidarlo. Tal vez querían matarlo", continuó Jenn. Su voz bajó a un susurro cuando la gravedad de la situación se asentó.

Castillo asintió, absorbido en la narrativa. "Te sigo. Alguien en interior se enteró de esto y se dio cuenta de que claramente tenían un problema en sus manos. Así que contraatacaron. Contrataron a una asesina profesional para eliminar a Ortega y demostrar que no podían ser intimidados."

Jenn retomó el hilo, una chispa de aprecio en sus ojos por la perspicacia de Castillo. "Entonces, casi al mismo tiempo que Jack Hunter se supone que está entregando una bomba, Alice Lewis está acechando a Ortega. Pero Jack afirma que no hace trabajos ilegales. Lo cual podemos o no creer." Hizo una pausa, luego añadió con un tono más ligero, "Oh, por cierto, gracias por contratar a Hunter para cuidar de mí. Alice podría haber logrado matarme con ese dardo si él no hubiera intervenido."

Castillo sonrió y sus ojos se suavizaron. "Era lo menos que podía hacer desde que te envié aquí sola." Se había sentido culpable por no proporcionar más apoyo una vez que se dio cuenta de lo peligroso que era este caso.

"Entonces, volviendo a nuestra teoría. Jack no entregó la bomba, pero Alice logra su golpe en Ortega. Más tarde, los federales descubrieron la bomba en el aeropuerto. Sabían que era de Aspire, y sabían sobre la cancelación pendiente del contrato. Pero con Ortega muerto, recurrieron a su segundo al mando y organizaron una redada en la hacienda del ejecutivo. Cuando eso no resultó en nada, se dirigieron al complejo de perforación en el Amazonas. Eso dio en el clavo. No solo encontraron los explosivos coincidentes, sino que descubrieron un escondite de armas. Eso sugería una preparación para una gran pelea con el gobierno si se cancelaba el contrato." Jenn concluyó con un asentimiento satisfecho.

Conociendo mejor al grupo de corredores, Jenn añade el último detalle. "Alice Lewis se apuntó a este viaje en el último momento. Su plan era matar a Ortega y luego escapar a través del país. Vino y se fue bajo la cobertura de un gran grupo de vacaciones. Todos estaban buscando pistas en Quito, y ella ha estado en las montañas, luego en la jungla, y finalmente aquí en las islas."

Jenn masticó pensativamente su comida, los sabores se mezclaban perfectamente en su paladar, pero su mente estaba lejos del simple deleite culinario. "Pero eso todavía nos deja con un cabo suelto. ¿Por qué Alice intentó matarme? Yo seguía centrada en Tatyana como la asesina, lo que ella era, indirectamente."

La conversación se detuvo mientras comían, cada uno perdido en sus pensamientos, juntando las piezas de la enredada red de corrupción, traición e intriga que los había llevado hasta este punto. La suave brisa marina y los ocasionales gritos de las gaviotas proporcionaban un contraste marcado con las oscuras corrientes que estaban navegando.

Finalmente, Castillo preguntó, "¿Cómo encaja tu rusa alta en este lío? ¿Quién la puso aquí?"

Regresando de un profundo pensamiento, Jenn respondió, "Buena pregunta. Fue una ambientalista muy vocal durante todo el viaje. Y no lo negó cuando la acusé de vengarse de Aspire por su destrucción del ecosistema del Amazonas. Creo que es una actriz independiente en todo esto. Trabajando por sus propios motivos."

Castillo sacudió la cabeza. "No me lo creo. Claro, es algo que un extremista ambiental podría hacer. Pero luego, está su escape en el último minuto. ¿Quién tiene acceso a un yate de lujo que puede llevarla justo delante de tus narices?"

Jenn respondió vacilante, "¿Otro ambientalista rico?"

De nuevo, Castillo sacudió la cabeza. "No te haces lo suficientemente rico como para permitirte un yate salvando el medio ambiente. ¿Y si ese yate pertenecía a una de las compañías petroleras rivales? Tatyana es lo suficientemente fanática como para darle a Ortega una dosis fatal de insulina, claro, pero no tenía forma de escapar. Así que, hizo un trato con otra compañía petrolera para que la sacara. ¿Posible?"

Jenn concedió su punto con un asentimiento. "Eso es posible, pero sigue siendo pura especulación. No sabemos si otra compañía está por aquí."

Castillo confirmó, "No, no lo sabemos. Pero si ese contrato de exploración estaba en juego, puedes estar seguro de que esas compañías estaban cerca."

"Todo esto es mentalmente agotador. Tantos jugadores. Tantas posibilidades." Jenn sorbió su café mientras miraba la calle tranquila del pequeño pueblo. Estaban felizmente ignorantes del drama que había llegado a sus costas.

Castillo continuó, "Aún no hemos terminado. Tienes un mensajero de dinero aquí en la isla. Estaba esperando a que apareciera su contacto, pero no tenía idea de quién sería. Gran sorpresa, era el comandante del equipo federal que ha estado involucrado en este caso todo el tiempo."

"Sí, no entendí eso en absoluto. ¿Por qué el gobierno usaría un bufete de abogados para arreglar una entrega de dinero a un oficial federal y hacerlo al otro lado del país?" Jenn tenía un presentimiento sobre eso, pero realmente no podía creer lo que pudo haber visto.

Castillo, por otro lado, había estado involucrado con el gobierno durante décadas y tenía una opinión más oscura de lo que era posible. "Te daré una teoría. El ministro del interior contrató a su asesina, Alice Lewis. El ministro puso el pago en manos de un mensajero, pero necesitaba que el caso se cerrara y que Lewis desapareciera del país. Así que, los federales y nuestro amigable comandante son su boleto para salir de la isla y la clave de su pago. Tu abogado de Nueva York entrega la bolsa de dinero al comandante, y cuando están fuera de vista, él se la entrega a Alice Lewis para pagar por sus servicios y su silencio."

Jenn preguntó, "Entonces, ¿no está realmente bajo arresto? ¿Qué le pasa entonces?"

"Perdida en el sistema. Nadie hace preguntas," concluye Castillo. "Tendrá suerte si llega viva a Quito. Quizás la disparen tratando de escapar. Quizás se caiga del avión antes de llegar al continente."

Jenn interrumpió diciendo, "O tal vez ella conoce su trabajo mejor que eso y ha hecho arreglos para una divulgación si desaparece. Nunca sabremos cuál."

"Agotador," coincidió Castillo.

Ambas miradas de los oficiales de policía se desplazaron por la calle tranquila. La comida concluyó con ambos sintiendo un sentido más profundo de comprensión. Dejaron el café no solo con apetitos satisfechos, sino con un paso restante para cerrar este caso.

CAPÍTULO 35

ESCENIFICADO

En el comedor del resort requisado, Jenn convocó una reunión selecta bajo el pretexto de un encuentro casual. Comenzó la conversación con un toque de formalidad. "Zuri, Patricio, permítanme presentarles al Capitán Adriane Castillo de la Policía de Quito. Se unió a nosotros con los agentes federales más temprano hoy."

Zuri, con su curiosidad despertada, interrumpió, "Me enteré de todo eso cuando regresamos de la Isla Floriana. ¿Qué pasó mientras estábamos fuera?"

Castillo, con un asentimiento tranquilizador, respondió, "Aclararemos en breve. Por favor, dejemos que Jenn continúe."

Recuperando la atención del grupo, Jenn reveló su verdadera identidad. "Soy Jenn Moreno, no del departamento de agua, sino una detective de la Policía de Quito. Mis disculpas por el engaño, pero era necesario para nuestra investigación. Tal vez hayan oído que hubo un asesinato en el Hotel Quito el día de su llegada."

Patricio, conectando los puntos, comentó, "Recuerdo haber visto eso en las noticias. Involucraba a alguien de una compañía petrolera, ¿verdad?"

Con la escena establecida, Jenn se sumergió en los intrincados detalles de su investigación, capturando la atención indivisa de Zuri y Patricio. Mientras preservaba la confidencialidad de la información sensible, describió cautelosamente las acciones presuntas de Tatyana y Alice.

Concluyendo su resumen, Jenn invitó a preguntas. "Sé que es mucho para asimilar. ¿Tienen alguna pregunta?"

Después de un tenso silencio, Zuri fue la primera en articular su shock. "¿Entonces, estás diciendo que hemos estado en compañía de dos asesinas?"

"Asesinas presuntas," corrigió Jenn. "Pero sí, eso parece ser la situación."

"¿Y su paradero actual?" presionó Zuri.

Jenn resumió, "Alice está ahora bajo custodia federal, de camino a Quito. Tatyana, sin embargo, escapó a bordo de un yate de lujo y no ha sido vista desde entonces."

La reunión se transformó en una intensa discusión de una hora mientras los líderes de la expedición lidiaban con las revelaciones.

Eventualmente, a medida que la tensión disminuía, Zuri buscó confirmación. "No hay necesidad de alarmar a nuestros clientes sobre este desarrollo, ¿verdad?"

Castillo asintió. "Correcto. Cuanto menos sepan, mejor para todos los involucrados." No elaboró cuántos clientes ya sabían partes de esta historia.

"Bien. Entonces, ¿procedemos según lo planeado a Quito mañana?" confirmó Zuri.

"Absolutamente," afirmó Castillo. "Su viaje continuará sin interrupciones."

Aliviada, Zuri propuso, "¿Un trago, entonces? Esta noche corre por cuenta de Corredores Globales."

A medida que la tensión se disolvía en la noche con bebidas casuales, Patricio flotó una idea. "Jenn, Corredores Globales regresará en el otoño. ¿Qué te parece unirte a nosotros de nuevo? ¿Tanto para el servicio de bocadillos como para la seguridad adicional?"

Jenn se rió, sus ojos brillando con diversión. "Tendrás que negociar con mi jefe real para eso." Inclinó la cabeza hacia Castillo mientras su mente repasaba las últimas dos semanas. Esperaba que el viaje de otoño no incluyera rocas rodantes, dardos venenosos, arañas venenosas ni luchas con un asesino.

"Y Carlos debe volver también. Su fotografía es espectacular," añadió Patricio.

Zuri, con un guiño conspirador, estuvo de acuerdo, "absolutamente, captura mucho más de lo que la mayoría de la gente puede ver."

A la mañana siguiente, mientras el amanecer coqueteaba con el horizonte, los Corredores Globales se reunieron para su partida. Incluso Castillo estaba allí, una adición de último minuto a su itinerario de regreso.

En la caminata sombría hacia el muelle, Jarrod se puso al paso de Jenn, su voz baja. "¿Cómo resultó todo?"

Jenn, con un tono mezcla de intriga e incredulidad, compartió, "Mayormente como esperaba, pero con un giro peculiar. Después de que interrumpiste la pelea con Alice, ella te llamó Hunter. Sabía exactamente quién eras. ¿Por qué es eso?"

Jarrod, su silueta fusionándose con la luz tenue, respondió con indiferencia, "Probablemente hizo su tarea. Y sobre esa pelea, me pagó para intervenir. Dijo que necesitaría interrumpir una pelea en tu habitación esa noche."

Deteniéndose en seco, Jenn procesó la revelación. "Entonces, ¿todo fue escenificado? ¿No estaba detrás de mí?"

"Escenificado, sí. Peligroso, potencialmente. Pero no iba a correr riesgos. No creo que ella esperara recibir un golpe tan fuerte en la cabeza," admitió Jarrod, sonriendo para sí mismo.

Asombrada, Jenn exclamó, "¿Orquestó su propio arresto para quedar en manos federales?"

"Parece que sí," confirmó Jarrod.

Jenn, mitad divertida, mitad exasperada, concluyó, "¿Y tú la ayudaste?"

Jarrod sonrió astutamente y se encogió de hombros. "Solo era un negocio."

A medida que se acercaban al barco, los primeros rayos del sol atravesaron el horizonte, arrojando una nueva luz sobre su viaje de regreso, lleno de tantas preguntas como respuestas.

EPÍLOGO

Jenn Morales retomó su papel en la Policía de Quito después de esta amplia investigación. Sin embargo, su conexión con los Corredores Globales sigue inquebrantable. Cada primavera y otoño, Jenn regresa al grupo, sirviendo no solo como su querida "chica de los bocadillos" sino también como su detalle de seguridad.

Carlos abrazó un nuevo capítulo como fotógrafo trotamundos para Corredores Globales. Aunque dejó su puesto en el departamento de Policía de Quito, continúa visitando y ocasionalmente asistiendo al departamento cuando está en Ecuador. Junto con Allen, sus vibrantes imágenes capturan el espíritu de aventura y camaradería en los eventos de Corredores Globales alrededor del mundo.

Jarrod Turner, también conocido como Jack Hunter, se encontró cada vez más solicitado como especialista en seguridad, gracias a referencias de un misterioso patrocinador a quien sospecha ser Alice Lewis, la asesina elusiva. A pesar de la naturaleza sombría de sus compromisos, la experiencia de Jarrod en seguridad sigue siendo su mayor activo.

Alice Lewis desapareció bajo circunstancias misteriosas de la custodia en Ecuador. Aunque nunca se encontró su cuerpo, los conocedores creen con confianza que Alice está viva, bien, y ha reanudado sus actividades encubiertas. Su desaparición sigue siendo un misterio.

Tatyana también se desvaneció en la oscuridad. Sin embargo, observadores atentos han visto a una mujer alta, pelirroja, en varias protestas ambientales alrededor del mundo, lo que ha generado rumores de que la enigmática rusa sigue promoviendo su causa, aunque desde las sombras.

Karen vonScheck... algo ha cambiado notablemente en sus hábitos de viaje. Ya no lleva medicamentos veterinarios en sus viajes de vacaciones. En cambio, lleva un kit de primeros auxilios básicos para animales, asegurándose de estar preparada para emergencias menores sin atraer la atención de las autoridades.

Sheryl Bear, trágicamente, fue secuestrada al final del viaje. La ubicación del preciado animal de peluche sigue siendo un misterio, lo que ha llevado a Corredores

Globales a ofrecer una recompensa sustancial por su regreso seguro, sin hacer preguntas.

Corredores Viajes Globales sigue prosperando, añadiendo nuevos y emocionantes destinos a su lista cada año. Desde los emocionantes eventos en su viaje inaugural a Ecuador, no ha habido más incidentes de asesinato. Pero otras aventuras continúan desarrollándose durante estas vacaciones.

BONUS: JACK HUNTER, UNA MISIÓN MÁS

Únete a nuestra comunidad de boletines para recibir una misión sorpresa exclusiva, la última misión de Jack Hunter, antes de salir de Ecuador.

https://www.rddsmith.com/jackhunter

También echa un vistazo a los Thrillers Médicos de
R.D.D. Smith

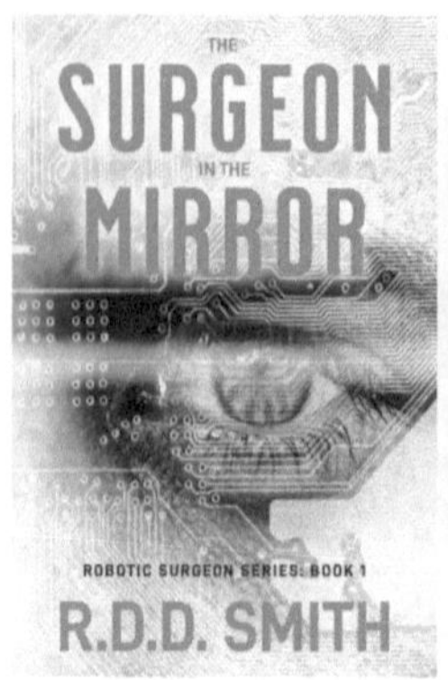

https://www.rddsmith.com/books

o

https://www.amazon.com/dp/B0C59ZRZDR

DIVULGACIÓN DE IA

El texto de esta novela fue escrito por un autor humano. Utilicé GPT-4 como una herramienta de investigación para recopilar información sobre Ecuador, sus tradiciones y culturas.

La traducción en español de este libro fue creada por ambos GPT-4 y un editor humano.

SOBRE R.D.D. SMITH

El Dr. Roger Smith escribe novelas de thriller médico y ciencia ficción que presentan dispositivos quirúrgicos avanzados, IA, telecirugía, simulación y enfermedades especulativas. *Sangre en Ecuador* es su primer misterio. Se inspiró en su viaje de vacaciones por Ecuador, visitando todos los lugares incluidos en la historia. También formó parte de un grupo de turistas corredores, exactamente como se describe en la historia.

Antes de escribir ficción, disfrutó de una carrera variada en atención médica, gobierno y defensa nacional. Durante diez años, fue un destacado investigador de cirugía robótica, publicando sus resultados en revistas médicas y hablando en conferencias quirúrgicas. Pasó cuatro años en el servicio gubernamental civil, liderando la innovación tecnológica para todos los sistemas de simulación del Ejército de EE. UU. Antes de eso, fue vicepresidente de varias empresas de software de defensa.

El Dr. Smith ha recibido múltiples premios por sus innovaciones en educación de cirugía robótica, simulación de entrenamiento y desarrollo de sistemas de software. Es miembro de la facultad del Colegio de Medicina y del Instituto de Simulación y Entrenamiento de la Universidad de Florida Central.

Tiene un Doctorado y un MBA de la Universidad de Maryland, una Maestría de la Universidad de Texas Tech y una Licenciatura de la Universidad Estatal de Colorado.

Vive con su esposa, perros y gatos en la soleada Florida, escapando frecuentemente a climas más frescos durante los veranos bestiales de Florida.

MANTENTE EN CONTACTO

Reseña:
Por favor, deja una reseña de este libro en Amazon o en tu sitio de libros favorito.

Únete a Nosotros:
nete a nuestra comunidad de lectores para recibir noticias fascinantes relacionadas con la historia.

www.rddsmith.com/free

AGRADECIMIENTOS

Como autor, estoy infinitamente agradecido a mis lectores que invierten su tiempo, dinero e imaginación en seguir mis historias y personajes a través de sus desafíos, fracasos y transformaciones.

Primero, a mi esposa, que ha soportado décadas de inmersión fanática en cualquiera que sea mi última pasión, más recientemente, estas novelas. Tu paciencia, dedicación y amor son apreciados cada día.

Para este primer misterio, estoy en deuda con 'Vacation Races Global Adventures', por organizar las fantásticas vacaciones que inspiraron los eventos en esta novela. Un agradecimiento especial a Cheri Santiego, Zoe Calcott y Salem Stanley por crear un negocio, una aventura, una comunidad y una familia todo en uno. Gracias al grupo inaugural de corredores en Ecuador por su entusiasta apoyo mientras creábamos y descubríamos juntos cada capítulo de este libro.

Para mi editora Kaitlin Travis, la artista del diseño del libro, Adina Cucicov, y los muchos asesores que hicieron este libro mucho mejor de lo que podría haber logrado solo. Gracias especialmente a Marla Rivera por editar la versión en español de este libro.